86天
环球之旅

叶祖谦 ◎ 著

团结出版社

图书在版编目（CIP）数据

86天环球之旅 / 叶祖谦著． -- 北京 ： 团结出版社,2023.9

ISBN 978-7-5234-0337-2

Ⅰ．①8… Ⅱ．①叶… Ⅲ．①游记－作品集－中国－当代 Ⅳ．① I267.4

中国国家版本馆 CIP 数据核字 (2023) 第 145601 号

出　版：团结出版社
　　　　（北京市东城区东皇城根南街84号　邮编：100006）
电　话：（010）65228880　65244790
网　址：http://www.tjpress.com
E-mail：65244790@163.com
经　销：全国新华书店
印　刷：湖北金港彩印有限公司
装　订：湖北金港彩印有限公司

开　本：170mm×240mm　16开
印　张：12
字　数：193千字
版　次：2023年9月　第1版
印　次：2023年9月　第1次印刷

书　号：978-7-5234-0337-2
定　价：98.00元

把环球游中所见到的世界和感受送给我的亲朋和我的学生们

首个中国出发环球邮轮

歌诗达·大西洋号2015年3月1日上海启航

作者摄于希腊圣托里尼

叶祖谦

　　1942 年生于上海，祖籍上海青浦，现年 80 岁。1964 年毕业于上海应用技术大学化学工业高等专科学校化工系。毕业后分配在上海溶剂厂工作，曾任车间助理工程师、厂技校教师。1980 年被选送参加了上海市经济委员会举办的企业管理干部培训班，培训结束后被上海市经济委员会抽调至上海市企业管理协会工作。

　　在企业管理协会学术研究部工作期间，曾为上海市班组长培训办公室编写了《班组长管理知识培训教材》，为市工交系统企业的班组长开展了岗位培训和考核工作。在企业管理协会咨询部工作期间，先后负责组织筹建了上海市企业管理咨询研究会、上海市企业管理咨询公司及上海市企业管理协会驻广东省珠海办事处，并先后担任过主任、会长和经理等领导工作。在 1984 年曾被上海市经济委员会选派去日本生产性本部参加企业考察研修团，回国后编写了《企业管理咨询诊断》和《企业管理培训教材》，对公交系统所属几十个企业先后组织开展了相关工作的咨询诊断和企业管理培训。退休后被上海市劳动技能鉴定中心聘请为市场营销教研组组长，负责组织编写了中级、高级市场营销培训教材，为市工交系统企业市场营销岗位应知应会职业资格考核的员工，组织开展了培训工作。

歌德曾说过这样一句话："人之所以爱旅行，不是为了抵达目的地，而是为了享受旅途中的种种乐趣。"

正如他所说，作者带着周游世界的梦想，憧憬着将要踏上的未知旅程，怀揣着重新认识、了解各国文化的喜悦，乘坐歌诗达·大西洋号邮轮和他的夫人一同领略了 18 个国家和地区共 28 个城市的风景，记录下了作者所见所闻以及 86 天所给他带来的奇妙感受。

本书不仅仅是作者的回忆录，更能让还未深入了解过各国各地风土人情的人们通过他的字里行间去感受这些地方的魅力。

作者的外孙女田中夏叶

歌诗达·大西洋号游轮环球游记

2015 年 3 月 1 日至 5 月 26 日，我和爱人报名参加由中国国际旅行社上海分社组织的歌诗达·大西洋号游轮 86 天环球游。我们在 3 月 1 日下午 3 时左右上船，游轮于当晚 20 时起航，实现了我们环游世界的梦想。

环球梦

我自小经常做梦，懵懵懂懂似乎做过两种梦：一种是现实经历过的；另一种是想象中的。

我出生在上海有着一百多年历史的老式石库门屋里，老旧的房子给我的童年带来了三次磨难。第一次是二楼统厢房的房顶突然塌了下来，我整个身体被压在下面；第二次是二楼木阳台断裂，我滚落到底楼的水龙头石墩上；第三次是底楼烧饭间屋顶瓦片像雨点似的落下，我被困在其中。三次"大难"虽然表面上没有给我造成明显伤害，但这可能是我形成终身"精神性高血压"的主要原因。我经常会想起我的父亲。我父亲叶贞羊，曾用名叶传华。他虽然已故，但他那正直仗义和豪爽爱国的品格给我留下了深刻的印象。他出生在一个普通家庭，十七岁时他的父亲因生意亏本债务缠身而自尽；二十二岁时他的母亲因病去世。他自小勤奋好学，成年后就在英商电车公司任高级职员。他一口流利的英语，不但能与英国主管共事，而且还兼任英语教师。

1950年2月3日上海市工人代表大会开幕，父亲被电车公司推选为代表参加上海总工会代表大会；1951年11月再次当选为第二届总工会代表，并提升为公司交涉科科长，替代了即将离任的英国主管，并且获得了外国主管的高额薪金，直至公司工资改革调整为止。我的父亲不但是一个热血的爱国青年，而且是一个有情有义、有责任感的父亲。他抚养自己七个孩子的同时还负担起了养育早亡兄弟和弟媳的四个孩子的责任，并且承担了照顾他大嫂孤老的义务。他也曾因孙女顽皮爬天窗摔断腿而天天去医院陪护。这是一个尽责有担当的父亲，让我深切怀念。

我的母亲是湖北武汉人。她从小跟随我的外公外婆到上海住在上海虹口区马厂路，这是湖北人比较集中居住的地区。我外公家里在三层阁楼上开了一个皮鞋作坊，做专供附近黄浦江码头停泊的外国船上外国人穿的高筒皮鞋。

母亲念书时教英语的老师就是我的父亲。

我母亲长得很漂亮，我父亲也长得很英俊，父亲比母亲年长13岁，但日久他俩的师生情转变为爱情，进而结为夫妻，并先后生育了我们七个兄弟姐妹。

人说扬州出美女，实际上我母亲年轻时也是一个不逊扬州美女而十分秀丽的湖北美女！她的美貌深深地吸引着比她大13岁也比较英俊的老师！

俗话说有情人终成眷属！他们结婚成家后先后生了我们三男四女七个孩子！我排行老四，上有一个哥哥两个姐姐，下有一个弟弟两个妹妹，我们七个兄弟姊妹，这样以我为对称的排布真似"天人之作"，很有点意思！

我外公外婆生有一男一女，儿子在日伪时期走失了已不知去向，因此他们特别喜欢自己的外甥。他要我住过去收养我，但可惜我小时候生性黏人，特别是不肯离开母亲，而母亲特别想我去外公外婆家，这样可以减轻她的负担。

有一次，我母亲领我去外公外婆家后自己却回家了，到了晚上我发现母亲不在，外公外婆他们给我吃又给我钱地哄我，但我却吵闹不停，最后也只好叫常住在外公外婆家我的二姐把我送回了家。

我小时候就是这样一个有恋母情结的小男孩。

我们七个兄弟姊妹和自己生的孩子大概由于遗传基因的缘故，我们兄弟姊妹和我们的子孙长得都还可以，也很讨人喜欢。

我与我爱人曾是同一个化工厂、同一个车间、同一个工段关系比较好的同事。在工作期间，化工设备突然爆炸造成了她面部受伤。遇到突发情况我及时协助救护并帮助急送医院抢救，此后我在单位同意下去疗养院陪护她三个月。她康复出院后我们正式结婚成了"患难夫妻"，正所谓"有情人终成眷属"！

结婚后我们生养了一个儿子、一个女儿；儿子家生了一个孙子、一个孙女。女儿家生了两个外孙一个外孙女；外孙家也生了一个女儿。因此我们有了第四代的重外孙女即上天赐予了我们"四代同堂"。我想这是我父母亲血液中的情义在我们这一代中又得到了延续吧！

我的另一种梦是经常会梦见许多有趣的事，小时候会梦见童话故事中的白雪公主和七个小矮人；《西游记》中的唐僧、孙悟空、猪八戒和沙和尚；《水浒传》中的宋江、林冲、武松、鲁智深等。长大后，梦见更多的是蓝天、白云和大海……这些会让我深思在浩瀚的大海深处、深奥莫测的天空和宇宙中会有些什么？《飞碟探索》是我成年后最喜欢看的一本杂志，它回答了我经常想到的许多好奇的问题。但宇宙到底有多大，有没有底，有底的话底在哪里，底外又是什么？此类似先有鸡、还是先有蛋一样的问题，既有趣又无奈，经常会发人深思，也总是不得其解。自古至今，人类探究大自然的脚步从未停止。在古代许多科学家和先辈如：中国古代浑天仪和地动仪发明家张衡，天文学家哥白尼、哈雷，航海学家哥伦布，进化论学家米丘林，自然进化论学家巴甫洛夫等，为人类从必然王国走向自由王国献出了智慧和做出了贡献。

人的生命是有限的，但人类对自然和科学的探索应该是无止境的。我作为一个探索自然的爱好者，对所居住的家园——地球饶有兴趣。有机会能走出自己居住的范围，去看看居住在地球其他地方的人们，了解他们的生活环境、生活习俗及喜好，这是探索大自然爱好者的共识。歌诗达·大西洋号游轮的环球之旅，给了我这个想了解世界的兴趣爱好者一个圆梦的机会。

环球船

环球游首航的歌诗达·大西洋号为86000吨游轮，长292米、宽32米；游轮有1571个房间，其中阳台房678个；可载客2600多人；游轮最高航速为24节。

歌诗达游轮公司总部在意大利热内亚，拥有15艘游轮；它在世界各地拥有五个港口，30个游轮码头。在热内亚有一个飞行集训点；在马尼拉、拉罗马纳、印度、祕鲁、巴西、印尼有包括船上酒店服务等内容的8个培训学校。

在北美，欧洲、澳大利亚有 11 个独立分公司，载客总量为 410000 人；在建有 13.25 万吨大型游轮两艘，可载乘客 8800 人。公司创建 60 多年，在意大利、法国、西班牙、瑞士、南美洲，它是邮轮市场的领导者。公司在 15 个国家有 27 个办事处，包括巴黎、马德里、巴塞罗那、伦敦、法兰克福、罗斯托克、林茨、苏黎世、巴里、热内亚、米兰、罗马、帕多瓦、都灵、拿坡里、巴勒莫、博洛尼亚、迈阿密、墨西哥城、布宜诺斯艾里斯、圣保罗、里约热内卢、马尼拉、拉罗马纳以及我国的上海和香港。

环球行

86 天，相对人的一生几十年来说是短暂的，但能用 86 天完成一次环球航行，这对想了解世界风土人情的人来说，机会是难得的。特别是改革开放后，经济飞速发展的现代中国，使有梦的中国人有了可以走向世界的经济能力。歌诗达·大西洋号游轮，为中国有梦走向世界的人们创造了条件，开创了 86 天环游世界之旅的首次航行。

从 2015 年 3 月 1 日至 5 月 26 日共 86 天，来自祖国各地约 700 位同胞参加了歌诗达·大西洋号游轮环球旅游。游轮先后经过亚洲、欧洲、非洲、中美洲、北美洲五大洲；太平洋、大西洋、印度洋三大洋；苏伊士运河、巴拿马运河两大运河；跨越 18 个国家和地区，到访 28 个目的地。86 天，从上海出发回到上海，环地球游转一圈，行程三万多海里。先后途经我国的香港、越南胡志明市、泰国普吉岛、斯里兰卡科伦坡、马尔代夫马累、阿曼塞拉莱、土耳其马尔马里斯、埃及苏伊士运河、希腊伊拉克利翁、希腊圣托里尼岛、希腊首都雅典、意大利西西里岛的卡塔尼亚、意大利首都罗马、法国马赛、西班牙巴塞罗那、葡萄牙亚速尔群岛、葡萄牙首都里斯本、美国纽约、美国迈阿密、牙买加奥乔里奥斯、巴拿马运河、墨西哥曼萨尼约、美国洛杉矶、美国旧金山、美国夏威夷希洛、美国夏威夷卡胡卢伊、美国夏威夷檀香山、日本横滨。

编写这本游记的目的，一是想为自己在曾经生活过的环境中能留下回忆；二是希望给有兴趣旅游的亲朋好友和我的学生们作旅游参考和留作纪念。

旅游者：叶祖谦、管巧云

记于 2016 年 11 月

作者与父母亲兄弟姐妹合影，后排左边第二人为作者

作者的父亲

作者的母亲

20世纪50年代作者与父亲在上海人民公园合影

作者父亲大嫂的照片

作者祖父、父亲与叔父的老照片

作者与母亲、爱人、子女合影

作者母亲与作者妹妹带着外甥女滑滑梯

作者的二姐与姐夫合影

作者与环球旅游目的地情况介绍的意大利导游 PeK 先生合影

作者的爱人在游轮大厅留影

作者爱人与餐厅人员欢快地跳舞

作者及爱人在游
轮甲板上留影

作者及爱人在游轮甲板上留影

作者在游轮咖啡厅扶梯上留影

作者爱人在游轮咖啡厅扶梯上留影

作者及爱人所住游轮房间

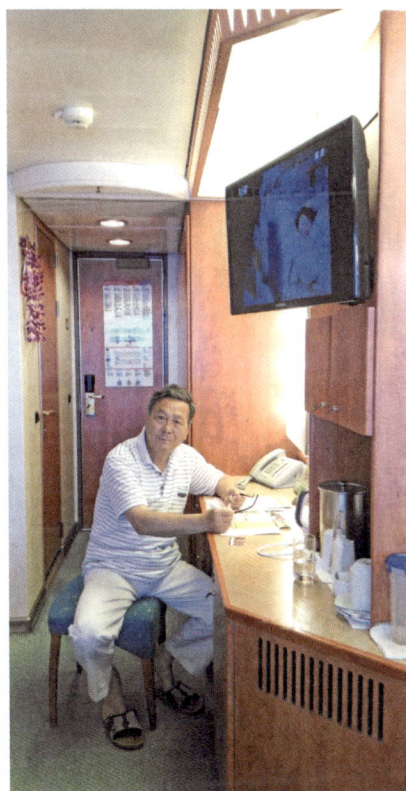

作者爱人在游轮游戏厅

作者爱人在游轮游戏厅

演员在游轮
剧场演出

作者在游轮卡拉 OK 厅唱歌

作者与节目主持人合影

作者及爱人与船长合影

作者及爱人与船上工作人员合影

作者及爱人与上海船友合影

目录
CONTENTS

第1站
中国香港
CHINA HONG KONG

中国——香港

2015 年 3 月 1 日晚 20 时，游轮从上海起航，经过两天两夜的航行于 4 日早晨抵达香港。

香港大多数是土生土长的本地人及周围省份移居来的中国人，还有些菲律宾人、英国人、印度人、葡萄牙人和美洲人；据统计，香港常住人口已有 700 万。

香港的中心是维多利亚港湾及维多利亚山。穿过海底隧道可以到达闻名世界的维多利亚湾，在那里可以看到许多渔船和水上餐馆。维多利亚山，中文称作太平山，意指天下太平。它位于海平面 552 米以上，是香港最高点，每年都有数以百万的游客和当地人来此游玩，这里是观赏整个城市风貌和海景的最佳位置。在山顶已有在 19 世纪末建造的缆车，是香港古老的交通工具。在维多利亚港湾向下可以看到工业、金融、贸易和科技等建筑，包括：中银大厦、汇丰银行、证券交易所、立法院和其他建筑群。天星渡轮建于 1898 年，它穿梭于香港与九龙之间，行程只要 10 分钟，它既可以十分方便地完成香港与九龙之间的往来，又能让乘客欣赏往来过程中美丽的风景。连接去香港新机场的青马大桥，它是目前世界上同时能够通行车辆和火车的最长吊桥。香港最重要的建筑是文武庙，英文称 MANMO 庙，建于 1848 年；MAN 意思是文学之神，MO 是战争之神。在传统习俗中，父母们在开学之前要将孩子带来这里，以祈求有好的学习成绩。宝莲禅寺坐落在大屿山上，天坛大佛坐落在大屿山顶。

香港迪斯尼乐园，是令人兴奋和迷人的奇妙世界；步入这里仿佛置身于童话王国，让每一个异想天开的人都梦想成真。步行在乐园中的美国小镇大街、幻想世界、冒险世界、明日帝国等主题区，可尽情体验各种惊险刺激的冒险和奇幻之旅，让梦想和魔幻把您带回到童年时代，使您留下最美好的回忆。香港海洋公园，是一个世界知名的主题公园，拥有40个游乐设施和景区，你不仅可以欣赏到精彩的海洋生活，还能体验到惊险刺激的游乐环境和设施。该公园拥有东南亚最大的水族馆，也是世界上最大的海洋水族馆之一。

香港是公认的"购物天堂"。在20世纪90年代我曾去过香港，当时步行在最繁华的英皇道上，街面两旁商店林立、人来人往；马路两边车水马龙、熙熙攘攘。而这次再访香港，与20年前的情景相比较，已时过境迁、不可同日而语。今天，我们步行在广东道上，类似海港城那样的现代联体组合式的高层商厦拔地而起，今非昔比；种种名品店铺，行业繁多、层出不穷；各种展示商品，适时新颖、琳琅满目；各具特色的门面装饰，吸引眼球、使人过目不忘；"购物天堂"的美名，名不虚传。

香港是世界领先的宝石交易中心之一。在宝石直销工厂，除了有高水准的做工和设计，宝石专家可以与你面对面交流，为你提供专业的建议和良好的服务，并可在这里享受得天独厚的免税政策和直销价格。香港免税店是全球旅行者奢侈品购物的首选地；这里为客户提供超过700种世界知名品牌和精选的产品，它横跨四大类：时装及配饰、美容及香水、手表及珠宝，葡萄酒及烈酒。东涌新城，是香港首家品牌折扣商店，它拥有超过80个国际品牌，全年提供至少30% ~ 70%的折扣。品牌种类涉及时尚、运动、美容、配件、童装、居家用品等。

这里还有水疗中心、电影院、餐馆和亚洲最大的户外喷泉。赤柱市集是难以置信的低价购物市场，这个市场位于香港岛的最南端，过去也曾是个小渔村。这里购物因价廉物美、景色优美而蜚声海内外，是猎奇者的圣地。狭窄街道的两边遍布着大小店铺，贩卖当下最潮的服装，包括仿牌牛仔裤和运

香港海港城

动服、西方尺码的皮革和丝绸服装以及一些家居用品、瓷器、铜器等。荷里活道是著名古董店和古玩的集中地，在这里，你可以找到各种各样的饰品，也可以找到各种奇珍异宝的小摆设。

斯坦利南部海岸是一个多姿多彩、生机勃勃的地区，这个地区也有最繁荣的商品市场：传统的中国服饰、纺织品、丝绸、艺术品、纪念品和手工艺品。在斯坦利你可以看到古老的警察局；它是香港的西方建筑中一个最古老的建筑。这条街的不远处有建于1767年的天后庙，它在第一次世界大战时期是一个避难所。尖沙咀地区有常年展出中国和亚洲艺术的太空博物馆、历史博物馆、科技博物馆、香港艺术博物馆等。

浅水湾是香港最著名也是最漂亮的海滩之一，天后、海神和观音（幸运女神）的巨大雕像俯视着海滩。在香港的仔渔村和大澳，可以体验一下水上人家的生活；在仔渔村可以搭乘舢板，一种木质的小船，在渔村狭窄的水港中曲折前行，从而可以近距离地体验水上社区人家的生活。在大澳可以观赏一座独具风情的渔村，它那建在水上的"棚屋"，是这里的一大特色。

第2站
越南胡志明市

HO CH IMINH CITY VIETNAM

越南——胡志明市

越南，全称越南社会主义共和国，是亚洲的一个社会主义国家，位于东南亚中南半岛东部。北与中国广西、云南接壤；西与老挝、柬埔寨交界；东面和南面临南海；海岸线长3260多公里，南北长1600公里，东西最窄处为50公里；国土地形狭长，面积为33万平方公里。越南是一个以京族为主体的多民族国家，在54个民族中，京族占总人口的87%。少数民族有岱族、泰族、芒族、高棉族、赫蒙族、依族、华族；其中华族约82.3万，占总人口的0.96%，是越南第八大民族。越南地处北回归线以南，高温多雨，属热带季风气候；年平均气温24摄氏度左右，年平均降雨量为1500～2000毫米。北方分春、夏、秋、冬四季；南方雨旱两季分明，大部分地区5～10月为雨季，11月至次年4月为旱季。

越南拥有纵横交错的许多河流，其中10公里以上长度的有2360条。河流流向为西北—东南两个主要方向，最长的湄公河和红河形成了广阔及肥沃的两大平原。越南河流每年提供3100亿立方米水，汛期水量占年水量70%，并经常导致水灾。越南矿产资源丰富、种类多样，主要有：近海油气、煤、铁、铝、锰、铬、锡、钛、磷等。越南有6845种海洋生物，其中鱼类2000多种、蟹类300多种、贝类300多种、虾类70多种。森林面积约1000万公顷，在2005—2008年种植了大量橡胶树林。

越南居民生活稳定。越南已形成包括幼儿教育、初等教育、中等教育、高等教育、师范教育、职业教育及成人教育在内的教育体系。2000 年越南已基本实现普及小学义务教育的目标，2001 年已经开始普及 9 年义务教育。全国共有 376 所高等院校，著名的有河内国家大学、胡志明大学、顺化大学、太原大学、岘港大学等。

历史上越南中北部长期为中国领土。公元 968 年正式脱离中国后独立建国，之后越南历经多个封建王朝并不断向南扩张，但历朝历代均为中国的藩属国。19 世纪中叶，越南逐渐沦为法国殖民地。1945 年 8 月革命以后，胡志明宣布成立越南民主共和国。1975 年越南南北统一后成立了越南社会主义共和国，越南共产党是国家唯一合法的政党。1986 年越南实行改革开放，2001 年越共九大确定建立社会主义市场经济体制。越南也是东南亚国家联盟成员之一，全国划分 58 个省，5 个直辖市；直辖市有芹苴、岘港、海防、河内、胡志明市。

越南首都河内，是中央直辖市，是越南的政治、文化中心。它位于红河三角洲西北部，面积 921 平方公里，人口 267 万；水陆交通便利。城市地处亚热带，临近海洋，气候宜人，四季如春、降雨丰富；花木繁茂、百花盛开、素有"百花春城"之称。河内是一个历史名城，名胜古迹较多，有市中心的还剑河、胡志明宣读独立宣言的巴亭广场、见证中越两国文化交流的文庙等。

胡志明市是越南最大的城市，是越南的经济中心，全国最大的港口和交通枢纽，面积 2095 平方公里，人口约 620 万，是 5 个中央直辖市之一。它位于湄公河三角洲的东北侧，南临南中国海，即塞公河西部的河滨地区，原是柬埔寨最重要港口，年吞吐量可达 450 ～ 550 万吨，居住着高棉少数民族。

1895 年起，塞公是法属殖民地交趾支那的首都。1946 年，被称为"带来曙光的人"，笔名为阮爱国，即越南独立联盟创始人胡志明，在河内建立了越南民主共和国；法国继续占领这个国家的南部。1946—1954 年的奠边府之战，法国人被打败，但法国不承认共和民主政府，选择了恢复保大皇帝的王位。1954 年的日内瓦协议将这个国家划分为两个独立的国家：北越全称为越南民

越南市政大厦

主共和国，首都河内，领导者是胡志明；南越全称为越南共和国，首都塞公，统治者为吴廷琰。1955—1975年全面爆发了越南战争，20年之久的越南战争给越南带来了灾难和痛苦。1975年，北越军队攻占了南越首都塞公，占领了南越；把统一后的南北越，统一称为越南社会主义共和国，首都定为河内；将南越塞公改名为胡志明市。

前总统宫殿独立宫，建于1868年，后来为吴廷琰的住所，在战争期间被轰炸完全毁坏，后被重建命名为统一大厦。在1975年4月30日，北越军队的一辆坦克驶过"独立宫"的正门，象征越南获得了解放。有着殖民风格的在法国统治时期建成的建筑"市政厅"，最近被重建为市政剧院。具有殖民建筑风格的建筑有：中央邮局、城市广场、新圣母大教堂，是在1877年至1880

越南博物馆

越南新圣母大教堂（胡志明）市

购买各种食品和日常家庭用品的大市场

年建成的。

国家历史博物馆建于1929年，记录了越南四千年历史，收藏了大量史前古代器物，包括：古代制陶术、传统服装、石器和青铜器等。

唐人街始建于1788年，由中国人和越南居民建成，最初称为大市场，在市场内供奉着中国海神妈祖的寺庙。该庙可追溯至18世纪，这里不但有供奉着中国海神妈祖的寺庙；而且在这天后寺庙内收藏着精美的陶瓷雕像和一艘船模，以纪念来自中国广东第一批到达越南的中国人。在市区的滨城市场，是最拥挤、最好玩的购物市场。这里有能满足人们日常生活需求的日用品，包括水果、糖果、烟草、衣服、帽子、箱包等日用百货；也有能满足游客需求的手工艺品、木制品等，真是琳琅满目，应有尽有。

2个小时车程可到达湄公河。沿着湄公河，游览30分钟后可步行参观椰子制糖作坊、蜜蜂农场，了解这些当地特产的制作过程，品尝新鲜的蜂蜜茶和热带水果。头顿是一个非常受欢迎的海滨度假胜地，越南末代皇帝避暑的保大行宫，就在圣雅克布角的半岛东边。从这里眺望出去，海滩的美景清新怡人，尽收眼底。山坡上零星分布着大大小小的夏季别墅，山脚下则是古雅的船湾，活跃着许多船队。在这里你可以欣赏到极具民族特色的音乐和舞蹈，乐队使用传统的极具民俗特色乐器进行演奏，

越南被称作"摩托车王国"的路上一景

舞者们跟随着音乐欢快地跳着代表越南不同区域风格的民族舞蹈。

在山背面你可以看到一个占地 10000 平方米的复合大型建筑，这是建于 1969 年至 1974 年，背山面海的卧佛寺。在头顿乡村，你可以看到当地人用当地溶剂、补药或药酒与大米、玉米、药草、木薯和水果制作的越南面皮，并用面皮再裹上馅料后制成的越南春卷，同时还可以与当地居民了解和学习制作米酒和年糕的方法。

第3站
泰国普吉岛
THAILAND PHUKET ISLAND

泰国——普吉岛

泰国位于亚洲中南半岛中部，是议会制君主立宪国家。泰王国原名为暹罗，1939年6月24日改名为泰国；第二次世界大战后恢复旧名，1949年5月11日再次把暹罗改为泰国，其意为"自由"。它西部和北部与缅甸接壤，东北部与老挝、东南部与柬埔寨、南部与马来西亚相连。泰国人口6800多万，面积513120平方公里，民族主要是泰族和华族。泰国是一个具有悠久文明历史的佛教国家，佛教为国教、信奉四面佛，人口中90%为佛教徒。官方语言为泰语，英语为通用语，首都为曼谷。泰国是亚洲唯一的粮食出口国，是世界五大出口国之一，也是东南亚汽车制造中心，东盟的主要汽车市场，汽车是它的主要支柱产业。

泰国是一个具有古老文明历史的国家。泰国历史可追溯到五十万年至一百万年前的旧石器时代，泰国南部有南邦人化石出土，而一万年前的岩画也有发现。五千年前，泰国已进入青铜器文明，有学者认为当时是从中国传入，也有学者认为是东南亚独立发展的结果。在中国秦汉时代，当时滇国或许已将泰国划入了自己的势力范围。在中国的隋唐时代（公元6世纪到10世纪末），在泰国大概已有泰人居住，他们生活在云南至阿萨姆一带。

在早期历史中泰国先后建立过许多国家，经历了一些朝代。回溯到三千五百年前的青铜器时代，罗涡国大致建立在今天的华富里为中心的地域。该时代罗涡为吉蔑人（高棉人）所统治，大量文化遗址都是高棉式的，一般

将 15 世纪称作泰国历史上重要的华富里时代。在 13 世纪，以清迈为中心建立了北方的兰纳王国和南方的素可泰王国。南方的素可泰王国于 1240 年代开始扩张，驱逐吴哥，融合吴哥的孟族与高棉族，并且创造了泰文。14 世纪，泰国华人拉玛铁菩提王，在更南方的阿瑜陀耶建立了阿瑜陀耶王国（大城王国）。15 世纪阿瑜陀耶王国取代北方的素可泰王国，与兰纳王国相邻，在国内建立了完整的制度，发展稻米耕作，与中国通商，国势繁荣。在 17 至 18 世纪时与欧洲通商，成为东南亚的强国。18 世纪后半叶，泰国华人郑信在吞武里建立了吞武里王朝，于 1770 年统一暹罗和东方的柬埔寨、北方清迈、

泰国普吉岛

东方的永珍（今老挝境内），直至今日泰国的版图。此后，郑信部下却克里杀郑信，自立为拉玛一世，建都曼谷，称却克里王朝。

1896 年，泰国与英法签订了《关于暹罗等地的宣言》，将暹罗列为东西两边、英属印度和法属印度支那殖民地的缓冲国。虽然当时暹罗没有成为列强的殖民地，但仍受到英法列强的诸多压制。1854 年拉玛四世与英国签订了《鲍宁条约》，对外国开放。在国内开始改革：废奴隶制度，建新式学校，派遣学生赴欧美留学，建设新式交通；外交上"联英制法、联俄制英"。二次世界大战时，泰日签订了《日泰同盟条约》，在 1942 年 1 月 25 日泰国向英美宣战，日本将部分在缅甸、马来西亚半岛占领地割让给泰国。1945 年 8 月 15 日，日本无条件投降，泰国即宣布 1942 年 1 月 25 日对英美宣战宣言无效，并被英

美等同盟国承认。第二次世界大战后，泰国成为美国的主要军事盟国，在东南亚它成为一个举足轻重的国家。泰国也是东南亚国家联盟始创国之一，亦积极参与东南亚的有关事务。在政治上泰国长期由军政府统治，直至 1991 年，泰国军事政变后，泰国由军政府过渡至文人政府。

普吉岛位于安达曼海，被荣称为安达曼海上的"珍珠"，距离曼谷有 867 公里，是泰国最大的一座岛屿。全岛面积 534 平方公里，其中百分之七十被森林覆盖。这里的平原较多，只有少部分孤立的山丘。在岛的西部有一座自北向南连绵不断的山脉，它的最高处达海拔 529 米。岛的海岸线变化多端，在一些地方是怪石嶙峋、悬崖峭壁；而在另一些地方却是景色宜人的沙滩。普吉岛拥有 30 个美丽的沙滩，包括美丽的奈汉海滩、卡马拉海滩、苏林海滩、巴东海滩，其中最出名的是巴东海滩。这里景色迷人，夜夜笙歌，在阳光的普照下，大大小小细白色的沙滩，闪烁着安达曼海边拍岸的浪花，美丽的沙滩吸引着世界各地的游人。

BanqTao 海滩原是锡矿开采地，现今已成为设施完备的度假村。CapePanwa 海滩位于普吉岛南面，它周围的丘陵为观赏安达曼海滩提供了极佳的视野。另一番景象是令人神往的海滩旅馆，静静地恭候来自世界各地的宾客。海滩旅馆它离普吉市仅有半个小时的车程，有着最漂亮、最出名的度假酒店、酒吧、餐厅和琳琅满目的各种商店。

被誉为"安达曼明珠"的普吉岛，在 16 世纪，以开产锡矿为主

泰国普吉

要经济。而锡矿当时是半贵金属原料，现今采矿业已被农业与旅游业所取代了。另外还有椰子、辣椒、花生、菠萝等重要经济作物。而最主要的经济作物是橡胶树，泰国是世界上最大的乳胶出产国。在16世纪，欧洲商人也活跃于普吉岛，荷兰人与葡萄牙人来到普吉岛，从事着欧亚两地的商业与贸易活动。到十九世纪，人口组成主要是中国人与泰国本土人，当然也包括欧洲人。

普吉岛上金碧辉煌的庙宇

BanqTaoChalanq 湾，得益于它的地理位置，与拥有一个可供人们出海潜水与钓鱼的码头而游人如织。大象是泰国珍贵动物，在这里你有机会观看大象表演、给大象喂食和骑上大象，这是旅游中的非凡体验，是最受欢迎的景点之一。

普吉市是普吉岛的省会，在公元前 1 世纪被印度人发现。在普吉市的历史博物馆，为游客展现了普吉文化和周边省份甲米府（Krabi）与 PhanqNqa 的历史文化；其中专门展示了"海上吉卜赛人"有关的历史与文化。

在海洋贝壳博物馆里有各种贝壳，特别是将在泰国水域里发现的各种贝壳呈现给人们。在普吉市，大大小小的中式庙宇坐落在市中心。查龙寺是岛上最重要的庙宇，它位于市中心 8 公里外。寺内供奉着三位著名僧侣銮朴成、銮朴荃和銮朴庄的铜像，人们认为为这三位高僧有意想不到的超能力，能保佑普吉岛免受灾难。

一个多世纪前，中国劳工间对立的两派发生了派别争斗，高僧銮朴荃就是在这里调解，避免了双方的争斗。帕南生寺闻名于它那三座古老的锡制佛

作者与爱人在泰国普吉岛观看歌舞表演

像。在西北端的 KhaoRanq 山的高峰，提供了远眺这个城市全景的机会。

此外在普吉市的 Montir 路、PhanqNqa 路、Rassada 路、zKYaowarat 路，充斥着琳琅满目的手工艺品店、纪念品店、古董店等。在这些地区还有机会欣赏到有着典型中葡建筑风格的建筑物。在市中心可以找到售卖各种新鲜水果、蔬菜鲜肉的农贸市场，售卖各种泰式干货和衣服、鞋帽和不同生活用品的商品市场。

第4站
斯里兰卡科伦坡
COLOMBO SRI LANKA

斯里兰卡——科伦坡

斯里兰卡，全称斯里兰卡民主社会主义共和国。中国古书称之为狮子国、僧伽罗国、僧诃补罗国。它位于亚洲印度半岛南端，是印度洋中的一个岛国。北临孟加拉湾、西濒阿拉伯海，为印度洋东西方海上交通必经之地。它形似印度洋中的一滴眼泪，因而被贴上"印度的眼泪"的标签。斯里兰卡历史上有好几个名称：Lankadeepa 来自梵文，意思是"灿烂的土地"；Serendib 意思是梵文的"起源"；"SELAN"锡兰，是殖民时代的名称；1972 年国家正式名称为斯里兰卡民主社会主义共和国，首都为科伦坡。

斯里兰卡面积 65610 平方公里，1985 年统计人口 1580 万。人口中僧加罗人占 72%、泰米尔人占 20.5%、摩尔人占 6.7%、柏格人与马来人占 0.8%o 居民中 67% 人信佛教、17% 信印度教、8% 信基督教、7% 左右信仰伊斯兰。僧伽罗语为官方语言，泰米尔语为民族语言，社会上通用英语。

在 18000 年前，这个岛的森林地区就有了澳洲土著猎人 Wanniyala-Aetto，或称为"森林众生"，这是第一批斯里兰卡居民对自己的称呼。他们采集植物、果实来果腹。在那里随着时间变迁，人种的灭绝和同化，"森林众生"来到了僧加罗人的岛上。

公元前 5 世纪，僧加罗人创建了强大的佛教王国。公元前 2 世纪左右，僧伽罗人放弃原有的婆罗门教的信仰，接受了佛教。僧伽罗人在以后的几个世纪里加入了泰米尔人，双方关系分分合合，争斗不断。1505年一支葡萄牙舰队侵入科伦坡港，修建炮台并获贸易特需，逐渐取得对沿海地区的控制。侵略者掠夺肉桂、大象、胡椒，胁迫和诱使当地人改信天主教。16世纪以来，相继统治这个岛的殖民者，先后有葡萄牙人、荷兰人和英国人。殖民者在经济上进行大肆地掠夺和控制，并践踏当地人民的宗教信仰，激起了人民的强烈不满。1817年10月乌瓦省发生抗英起义，斗争坚持了10个月。1848年抗英浪潮再起，殖民当局实行了军法统治。第二次世界大战爆发后，由于兰卡岛战略地位特殊，民族资产阶级摆脱殖民统治的要求强烈，英国终于在1947年同意锡兰作为自治而独立。同年9月进行首次大选，统一国民党获胜组阁；原在殖民政府任职的S·森那纳亚克担任政府总理，至1948年这个岛才正式成为一个独立的国家。独立后组成两院议会，实行总理制，总督代表英王为国家元首。1956年举行第三届议会大选，自由党为主体的人民联合阵线得到了广大人民的

科伦坡博物馆

支持，获胜组阁；S.W.R.D. 班达拉奈克夫人就任总理兼国防和外交部长。她奉行和平、中立和不结盟的外交政策，与所有国家发展友好关系，1957 年 2 月同中国建交。对内收回英国在岛上的海、空军事基地；着手清除殖民主义残余势力，将科伦坡港及银行、运输业收归国有。努力发展经济，发展传统文化，重视佛教，使国家走上真正自主独立的道路。1959 年班达拉奈克总理不幸遇刺身亡。

首都科伦坡，是这个国家人口最多，最重要的港口城市和金融商业中心，整个大都市的人口达到 200 万。以前科伦坡曾被称为"芒果海港"，后来葡萄牙人将这城市更名为科伦坡，以纪念探险家克里斯托弗哥伦布。早在 1870 年，英国在这里创建了港口，使城市工业开始在化工和石化产品、纺织品、玻璃和水泥制品、皮革、家具和珠宝首饰等产品的制造和生产上得到了发展。使科伦坡成为一个熙熙攘攘、非常繁忙的城市。不同的民族和宗教，使这个地方成为一个多元化的城市。最多的群体是佛教的僧

城市贝塔广场

伽罗人，他们使众多的佛教寺庙，如冈嘎拉马 (Gangarama) 寺的无数雕像和 Kelaniya 的拉贾摩诃精舍，多次被摧毁却又被重建。泰米尔人影响了许多印度教寺庙，使之成为 Kovils 的城市建筑。印度 (Kathiresan) 寺庙是专门为纪念战争之神、是最古老的印度教寺庙之一，是献给女生湿婆 Ganesh 神的。

在科伦坡有很多西方统治时期留下的证据。例如荷兰总督的宴会大厅，它在 1804 年改造成圣彼得教堂。博物馆是以前荷兰统治者 ThomasvanRhee 的住宅；在博物馆里收藏着历史文件和有关荷兰殖民时期的丰富的展品。它可以追溯英国殖民时代的历史和有关荷兰殖民时期留下的物品，包括：

与斯里兰卡科伦坡的学生们合影

与博物馆保安合影

绘画、雕像、面具和当地部落原始生活的各种文物。

在科伦坡还有一个小的伊斯兰社会。公元 1000 年左右，在这里聚集着交易的阿拉伯和印度商人的后代。Jami-Ul-Alfar 清真寺，是这个小社会的标志性建筑。正如许多发展中国家的城市一样，科伦坡也正在经历飞速的发展。过去的老式建筑顷刻间被耸立的高楼、大厦所取代，但在城市的某些角落仍能寻找到科伦坡这个城市古雅的气质。科伦坡拥有一座历史达 100 年之久的钟楼，在福特区还有几座英式殖民建筑以及老议会大厦。其他名胜包括圣卢西亚教堂、肉桂花园、贝塔集市、福特商业区和维哈马哈德维（ViharamaDevi）公园。在这个城市还可以在普雷马达萨手工艺商品店，购买斯里莱卡传统的手工艺品。

瓦杜瓦区，靠近美丽的海岸，是一个度假胜地。位于椰林花园中，与海岸线齐平，其倒影投射在波光粼粼的蓝色海域。度假酒店位于凉爽的椰树林之中，可以观赏美丽壮观的海景；当海浪拍打沙滩时，你将享受海滩的平静与孤寂，或可去游泳池游泳，享受奢华的日光水浴。

在科伦坡独具特色，深受游客喜爱的地方是滨纳瓦纳大象孤儿院。孤儿院覆盖了 25 英亩森林，由斯里兰卡政府在 1975 年以圣所的形式建立。当时仅有 7 头孤儿大象，它们都是在野地里被离弃的大象。孤儿院的第一只幼象出生于 1984 年，在野生动物机构工作人员细心照顾和饲养下，今天此孤儿院已成为 60 头大象（其中 50 头幼象）的家园。

第5站
马尔代夫马累
MALDIVES MALE

马尔代夫——马累

马尔代夫，原名马尔代夫群岛，1969年4月改名为马尔代夫共和国。它位于南亚，是印度洋蓝色海域中的一个岛国，常年是炎热和潮湿的气候。马尔代夫是亚洲第二个小国，也是世界上最大的珊瑚岛国。马尔代夫群岛由20个环礁，1200余个小珊瑚岛屿组成；其中202个岛上有人住，作为旅游度假区。人们喜称这些岛屿是"上帝抖落的一串珍珠""上帝洒向人间的项链""印度洋上人间最后的乐园"等。这些岛屿的壮丽山脉和地基是由印度洋底部大约60亿年前山体运动着的岩石所形成的。

马尔代夫东北与斯里兰卡相距675公里，北部与印度的米尼科伊岛相距约113公里；南部的赤道海峡和一度半海峡是海上的交通要道。马尔代夫由于环境因素，境内无法修建铁路，但建有易卜拉欣·纳西尔国际机场。国家虽小，建国也不久，但也有很多节日。它的民族也有自己的宗教信仰，它是个伊斯兰教国家。

马尔代夫的历史可以追溯到公元前5世纪雅利安人来此定居。在12世纪阿拉伯人把马尔代夫变成苏丹国并推行伊斯兰教。公元1116年建立了以伊斯兰教为国教的苏丹国，前后经历了六个王朝。自1558年开始，葡萄牙对其实行殖民统治。在培鲁法努领导下，马尔代夫人民举行了起义，1573年光复了祖国。18世纪又遭荷兰入侵；1887年沦为英国保护国。1932年，马尔代夫改行君主立宪制。1952 年成为英联邦内的共和国。1954 年马尔代夫议会决定废除共和国，重建苏丹国。1965 年 7 月 26 日马尔代夫宣布独立、并加入了联合国。1968 年 11 月 11 日马尔代夫改名为马尔代夫共和国，国家实行联邦制，总统为国家元首。

马尔代夫曾是那些伟大探索家出海远航的中转站，这历史远远早于欧洲航海史。第一次提到马尔代夫的是二世纪，在希腊天文学家、数学家和地理学家托勒密 (Ptolemy) 的著作中；其中他提到了斯里兰卡西面有 1378 个小岛的地方，指的就是马尔代夫。底比斯人 (Scholasticus) 曾航行到印度马拉巴尔海岸，他提到了一千个小岛和那里险恶的环境，因为那里的磁石海岸会导致铁皮船的触礁沉没。9 世纪的波斯商人苏莱曼 (Suleiman)，曾横跨印度洋来到 HerKend 的洋面上，看到有 1900 个岛屿。他曾在 1433 年跟随郑和的远航舰队，来到马尔代夫进行贸易，购买那里的绳子等。明朝时，中国人非常熟悉这些岛屿，称这些是"伏在水下的山脉"（流沙），并记载了这里的气候、地理和风土人情。

马累是马尔代夫的首都，它是世界上最小的首都。占地仅有 6 平方公里，人口大约只有 11 万；国家总人口的三分之一居住在这里，其他大多数人口分布在周边的小村庄里。马尔代夫的国旗飘扬在游轮码头的大型公共广场上，是过往游客踏上码头首先能映入眼帘即能看到的显明标志。整个城市分成 HenveYru、Galolu-.Machchangoli、Maafannu 四个区域。这里没有刻意铺整的柏油马路，放眼望去尽是晶亮洁白的白沙路；它与那炫目的用白色珊瑚礁和蓝色、绿色漆成的门窗，形成强烈的色差。房子通常筑得又高又窄，据说是为了避邪魔入侵。由于曾受英国管辖，因此有些建筑带有浓厚的英式风格和气息。

马累是马尔代夫的商业、行政和政治中心。由 5 个行政区组成，是一个现代化的、功能齐全的、具有西方气息的城市。虽然城市的面积很小，但汽车和摩托车的数量却足以让人惊叹。长期受英国统治的影响，这里的建筑物很高，道路平坦，公共机构都相对集中在一个区域。而在旧集市区，小巷和狭窄的街道，充满了过去陈旧的味道。由于马累的地理位置在亚洲与欧洲之间，因此马尔代夫的贸易路线与贸易产品，受到了沙特阿拉伯和中国的影响。他们长期出口椰子、鱼干。此外，他们收集沙滩上白色的小贝壳，作为在印度洋周边国家进行交易的货币。

首都最重要的建筑无疑是伊斯兰中心大清真寺。有精致的三层结构的金色圆顶，一个很大的会议厅和图书馆，正殿有非常恢宏的精致木雕门和面板。大清真寺是马尔代夫最大的宗教建筑群，可容纳约5000个崇拜者。大清真寺翻修于古老的清真寺上，它始建于12世纪。当伊斯兰教刚传入群岛时，便筑建了这个面朝西方的古老寺庙，这个朝向解释了这个宗教传来的方向。而其他的清真寺通常是面朝北方，即麦加的方向来建造的。

Mulee-Aaqe 是旧的总统府所在地，是苏丹三世的儿子在20世纪初1913年所建造。1952，当年马尔代夫成为一个共和国时，这个宫殿变成总统官邸；政府职能在此履行，同时用于招待参访的政府首脑及其

伊斯兰中心大清真

他外国政要。蓝色和白色塔尖的古清真寺是一座古老墓地，立有大量古代墓石，以纪念过去的苏丹王、英雄和达官显贵。

马累有三个港口和环境优美的海岛。优越的自然环境和游览条件，是吸引游客来此旅游的得天独厚的资源。从马累出发，搭乘当地称为"多尼船"的快艇或其他船只，可到达各游览小岛或度假胜地。它包括：库达纪诺岛、天堂岛、瓦度岛、梦幻岛、班度士岛、康杜玛岛。在小岛上，你可浏览小岛上覆盖着的、郁郁葱葱的热带植皮和被宽阔沙滩，及海水包围着的大量棕榈树。欣赏小岛上享誉盛名的白色沙滩和海水清澈见底的自然美景；一睹海豚在蔚蓝的海水中跃出水面自由翱翔的风采。赞美环礁湖在暗礁边缘与海洋交汇处、蓝绿色和天蓝色彼此交融时的胜景。在此时，你将有足够的时间静坐在沙滩和海边，尽享悠闲的时光。

另有一个独特的游览特色是马尔代夫海底探险：你将在马累乘坐当地传统的"多尼船"，15分钟抵达潜水平台，乘坐目前全世界最大

马尔代夫总统官邸

型的深水观光潜艇，先降至水下 25 米时作一次停留；随后降至海面以下近
40 米的深度，你将观赏马尔代夫的水下奇景。你将在舒适的空调环境下的海
底乐园中，透过大型窗户，观看奇幻的海底珊瑚，欣赏到各种各样色彩不一、
形态各异的海洋生物。在鱼类中将会看到黄色的条纹鲷鱼、狮子鱼、黄箱鱼
和海龟等。

马累中央广场 Jumhooree Maiam，建于 1989 年，沿着这条路一直走是参
观城市的理想路线。围绕它的有城市古迹、旅游街道及商品集市，买卖各种
物品等。马累是马尔代夫的购物中心，所有商店几乎都集中在此。想体验当
地人生活的主要场所，可以去鱼市场看看。那里是全国各岛屿捕获鱼产品拍
卖的集散地，到天近黄昏时，此起彼伏的叫卖声、吆喝声，衬托出岛国活力
的一面；在鱼市市场内有专门划皮取肉的师傅，一条 4 尺长的鱼，只需一分钟，
便被分割成皮、骨、肉三份了。

马尔代夫马累鱼市场

马尔代夫马累的超市

马累城市一角

第6站
阿曼塞拉莱

阿曼——塞拉莱

阿曼位于阿拉伯半岛东端巴提奈地区，原名马斯喀特苏丹国；1970 年改名为阿曼苏丹国，简称"阿曼"，首都马斯喀特。它是最古老的国家之一，是波斯湾通向印度洋的门户。阿曼面积约 31 万平方公里，略大于意大利。人口超过 200 万，主要是阿拉伯人，使用阿拉伯语，通用英语，信奉伊斯兰教。阿曼地处阿曼湾平原，除东北部山区外均属热带沙漠气候，终年炎热。全年气候分两季：5 至 10 月为热季，气温高达 40 摄氏度以上；11 月至明年 4 月为凉季，气温为 24 摄氏度左右；年平均降雨量为 130 毫米。阿曼实行免费医疗，居民平均寿命达 68 岁。全国私人住房拥有率达世界较高的水平。

阿曼早在公元前 2000 年已广泛进行海上和陆上的贸易活动，并成为阿拉伯半岛的造船中心。公元前 563 年左右，阿曼被波斯帝国吞并，7 世纪成为阿拉伯帝国的一部分。1507 年起，先后遭葡萄牙、波斯和英国的入侵与占领。1624 年建立亚里巴土朝，其势力曾扩长到东非部分海岸和桑给巴尔岛。1742 年艾哈迈德·伊本·赛义德，赶走了土耳其人创立了赛义德王朝，定国名为"马斯喀特苏丹国"。1920 年阿曼被分为"马斯喀苏丹国"和"阿曼伊斯兰教长国"，1967 年统一为"马斯喀特和阿曼苏丹国"。1970 年 7 月 23 日，卡布斯发动宫廷政变，废父登基，改国名为"阿曼苏丹国"并沿用至今。阿曼苏丹国是一个绝对的君主独裁制国家，无宪法和议会，禁止一切政党活动。

阿曼是一个伊斯兰国家，有着伊斯兰独特的文化和习俗。禁止吃猪肉和饮酒，不在斋月期间在公众场合吃东西、喝水。在外出时举止和穿着不刺激当地人的感情，如不穿过短的衣服，在住宅区不能穿过份暴露的服装或泳装，在晚间外出时披上一件薄披肩等。阿曼人用餐时不能用左手，在别人面前不能用食指或中指比画。同阿拉伯国家的人之间行拥抱和亲吻礼；同非阿拉伯国家的人可行握手礼，但只限于同性。男性不可与女性行握手礼，只能点头示意。和女性交谈时，亲近女性或拍摄女性照片都是不允许的。阿拉伯人的名字习惯继承祖辈名字，他们的全名都记载着父名和族民。阿曼人喜爱歌舞，有传统的剑舞、甩头舞，也有当地人的航海舞等。阿曼人传统的体育活动是赛骆驼、赛马和赛木舟等，他们每年国庆时要举行一次全国性的骆驼大赛。

塞拉莱地处阿曼南部，人口 18 万左右，是该国第二大城市，也是佐法尔地区的行政首都与主要港口，距离阿曼首都马斯喀特以南 1000 公里。塞拉莱港在中东堪称地理位置优越、设施齐全、安全可靠，航道水深足够让 10000 ~ 12000 顿 TEU 箱位、新一代的集装箱货轮进出港口。它是来往波斯湾、印度洋边缘，红海和东非地区及欧洲和亚洲航线的集装箱货轮，使用塞拉莱港作为其中继的枢纽港。使用该港口可以比其他港口节约更多的时间和航程，从而大幅度降低航运成本。

塞拉莱位于阿拉伯半岛，濒临阿拉伯海，是唯一有季风的地方。因此虽然地处热带却受温带季风影响，一年四季温和。塞拉莱是一个植被茂密的热带城市，到处可看到棕榈树和肥沃的农田，农业生产可提供大量新鲜的椰子、香蕉、甘蔗、香瓜、无花果等各种热带水果和棉花、烟草等经济作物。目前该地区的经济比农业更发达，皮革生产、手工业、渔业、造船业，特别是旅游业，是经济持续增长的主要因数。

塞拉莱是一个拥有多元文化的城市。印度是最大的移民社区，印度人占总人口的 14%，并拥有印度私人学校；其次是巴基斯坦人和其他族裔移民，占总人口的 8% 左右。塞拉莱也是一个历史文化名城，在超过 8000 年的"熏香之路"上发挥了重要作用。

塞拉莱西部的著名景点，在海边有天然的风洞会形成水柱喷出洞外

　　塞拉莱的地形地貌非常复杂：山多，整个塞拉莱几乎被群山环抱，有沙漠也有大海，有戈壁也有青山，有黄土高坡也有泉水湿地，这也是季风气候的成因。那里，有着世界上最为复杂的地质结构，半个小时车程内的地貌可以不断切换，使在旅游过程中一直有一种穿越感。它在石油开采领域内，代表着最高难度；使世界上无数石油专家前往调查研究。在塞拉莱东部的山脉中另有一个奇特的景象是山中的 Wadi，阿拉伯语是"河床"的意思。它们藏在山脉中，有的有水、有的没有水，但有趣好玩的是有水的 Wadi。旅行者可沿着山路转入山脉深处，浓郁的绿色伴随全程，群山深处雾气缭绕，路边两旁放养着牛羊和驴子生机盎然，这样的美景全然出自中东的阿拉伯世界。在塞拉莱西部的 Marneef Cave 位于 Mina Salalah Port 附近有著名的景点，有几个天然形成的 BlowHoles（风洞）。当潮水猛烈拍打礁石后，海水会灌入这些小洞里，通过海水冲击的压强可以把洞里的水喷射出洞外，形成水柱高达几米似鲸鱼喷水，叹为观止。

　　塞拉莱被称为阿拉伯香熏之都。乳香贸易一直是阿曼的经济支柱，直接或间接地影响着所有南部居民的生活。乳香是从一种天然野生的树上分泌出来的树脂，很奇怪，越是干旱贫瘠的自然条件越是适合乳香树的生长。阿曼南部的内格德高原正好满足这种生长要求，世界上最优质的乳香称为"银香"，就产自内格德高原。乳香有许多别名，如"沙漠珍珠""上帝珠""白色黄金"等。古时乳香的价值曾等同于黄金，一直是统治者权力和财富的象征之一。乳香在古代、需求量很大，被广泛用于宗教祭祀、丧葬仪式和人们日常的庆祝活动中。人们很早就用乳香来净化饮用水，当地人还喜欢把它当口香糖放在嘴里咀嚼，使口气清新。

芬芳的乳香飘荡在城乡的家家户户，使阿曼有"乳香之邦"的美称。塞拉莱被称为阿拉伯香熏之都，把产生香的乳香树作为该市的象征，使这个历

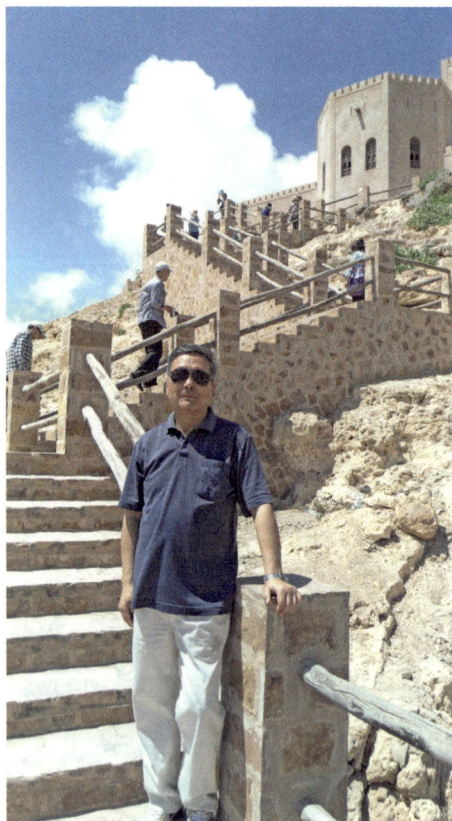

距阿曼塞拉莱 40 公里的宫殿废墟

史文化名城，在超过 800 年的熏香之路上变成一个真正的旅游目的地。

距塞拉莱几公里外的古扎法尔是一个重要的考古遗址。在这个城堡内有 12 世纪和 16 世纪之间的清真寺、宫殿和墓地遗址。在塞拉莱也有一座宫殿的废墟，据说属于示巴女王及先知 Job 坟墓的遗址，该墓坐落于距离塞拉莱 40 公里的 Ittin 高峰上。经上山的多步石级可进入山上遗址，在存有古代壁画、弓箭、生活器具的屋内，展示了那个时代的文化气息，它是一个穆斯林和基督徒的朝圣地。

塞拉莱有两个主要的露天市场。Al Haffa 是沿着海滨的老市集，为游客提供水果、蔬菜和香料；另一个新的集市在与萨拉姆平行的街道上，在 AI Husn 这里可以找到香料、香水、香炉、黄金和银子，佐法尔地区的传统服装、纺织品等。

埃及开罗——苏赫奈泉

苏赫奈泉 (Ain SuKhna) 在阿拉伯语中为"温泉"之意，是因附近的硫黄温泉而得名，此温泉源自于坐落在东部沙漠最北端的 Gebel AtaKa 山上。

埃及苏赫奈泉城隶属于苏伊士省地区，位于苏伊士以南约 55 公里，是埃及热门的度假城市，有距离开罗最近的海水浴场。这个隶属于苏伊士省的地区，是从苏伊士城正南方往下一直延伸至海岸约 60 公里。苏赫奈泉城是一个热门的度假旅游城市，拥有苏伊士湾壮观的海滩和海水浴场。在镇上有一个 22.3 平方公里的海港，有一系列的度假中心、餐厅、加油站以及沿着海滨公路建造的设施，一些在红海地区最好的酒店就坐落在此。苏赫奈泉城的天然气和石油的储量丰富，还有很多制糖业和其他一些重工业工厂。苏赫奈泉与开罗、吉萨和苏伊士很近，可以一日往返，因此乘巴士经过沙漠可以到达阿拉伯世界文化中心——开罗。

开罗是非洲最大的繁华城市，是一座横跨尼罗河的魅力城市，是阿拉伯世界的文化中心，也是不同时代的世界研究中心。在开罗市郊的科普特开罗区，又称开罗老区，可参观科普达博物馆。该馆建于 1910 年，位于巴比伦福特的管辖区。该馆陈列展品多达 16000 件，按时间顺序分列有 12 个不同展区。主要陈列的，可追溯到相关基督教时期埃及历史的纪念物品。在开罗可参观悬挂教堂，悬挂教堂它位于巴比伦要塞的南门，其中殿悬挂在通道之上；这是最有名的科普特基督教堂，也是最早以 Basilcan 风格建筑的教堂。在中世纪的开罗区，可以经过古老的 Bab ElFotouh 城门，该城门是在法蒂玛王朝于 11 世纪建造的。在萨拉丁城堡和穆罕默德阿里清真寺，你将有机会参观寺内宏伟的建筑以及开罗老区迷人的风景。

走在 ElMoaez 大街上，经过古清真寺和古建筑，抵达开罗享誉盛名的具有异域风情的热闹集市——哈利里集市，它是购物者和摄影师的天堂。在这里购物讨价还价相当普遍，而且是一门艺术。在集市上，各种物品琳琅满目、目不暇接。有黄金、银子、珠宝和青铜器，异域香料、皮革制品、精细雕刻的木门和从咖啡店飘来现煮咖啡的香气，还有动人的音乐与各类特色商品，吸引着身着各式亮丽服饰的人们，簇拥着驻足观看。这一切重现了《一千零一夜》中阿拉伯集市中迷人的场景。

金字塔也是世界上最震慑人心的纪念物之一。从苏赫奈泉出发，经过沙漠，可抵达齐阿普斯、哈夫拉、Mycerinus 和著名的狮身人面像的金字塔谷。接着前往古都孟菲斯，参观狮身人面像和拉美西斯二世的雕像。然后前往萨卡拉，参观著名的左赛尔法老阶梯金字塔和 Mere Kura 的石室坟墓，这是最古老的大型石砌体结构坟墓。坐车回到开罗后，可以坐车前往吉萨。在吉萨，你将观赏到古代的最后一个巨大的吉萨金字塔，你可以在此自由地参观这一考古地区。然后继续前往溪谷，参观墓地守护人——神秘的狮身人面像。

苏赫奈泉的商业港口位于苏伊士运河的中心，在战略上可以确保埃及与世界其他国家的海运联络。在镇上，你可以在纸莎草工作坊停留，那里有纸莎草展示，你还可以购买一些珍贵的纪念品。在尼罗河上，你可以登上豪华小船，扬帆航行在尼罗河上，欣赏开罗美景，感受法老、女王和贵族时代的气息。在欣赏开罗美景的同时，你将享用旅游中为你提供的美味自助餐。在萨拉丁城堡和穆罕默德阿里的清真寺，可以参观清真寺内部宏伟的建筑，并在开罗老区观赏迷人的区内全景。

在埃及最古老的科普特修道院——圣安东尼修道院，它标志着埃及传统修道的开始。传说，圣安东尼 18 岁时就决定过隐居生活，跟着大篷车在沙漠里到处流浪。他住在东方沙漠的山洞之中，就连他的跟随者也不能进入山洞。因此，该修道院的门徒们决定在靠近圣安东尼洞穴的附近居住，因而形成了最早的修道团体。尽管受到贝都因人和穆斯林的攻击，该修道院的规模至今仍是最大的，而且基本上保留了原始特色。圣安东尼修道院的入口是一扇双拱门，位于两座小塔之间，顶上是典型的科普特十字架。整座建筑看上去就像一个防御小村，由沙粒式墙壁、美丽的花园、水磨坊、烤箱和老式餐厅组成。圣安东尼教堂建在圣安东尼的墓地之上，是镇上最古老的建筑，教堂内是典型的科普特墙面装饰，这种装饰可以追溯到七至十六世纪时期的建筑特色。

苏赫奈泉海滩是优美而秀雅的旅游胜地，是距离世界上最大的城市之一开罗，约在半个小时的车程，是离开罗最近的海水浴场。在那里不仅可以放松休闲，供你欣赏美妙的海景、畅游迷人的海滩，而且可以商店内购买各类纪念商品。

第8站
苏伊士运河
SUEZ CANAL

苏伊士运河

苏伊士运河 (Suez Canal) 位于埃及东北部，西奈半岛西侧，这是一条海平面的水道。它连接地中海与红海，是亚洲与非洲间的交界线；提供了从欧洲至印度洋和西太平洋的最近航线，也是欧、亚、非三洲间最直接的水上通道。

运河对埃及本国经济发展上具有极大的价值。据统计，每年约有 1.8 万艘来自世界 100 多国家和地区的船只通过。中东地区出口到西欧的石油的 70% 由苏伊士运河运送，每年运河运输的货物占世界海运贸易的 14%。在世界上适于海运的人工河中，其使用国家之众，过往船只之多，货运量之大，苏伊士运河名列前茅。运河是埃及经济的"生命线"和"摇钱树"，过往船只的通行费和侨汇、旅游、石油，多年来已成为埃及外汇收入的四大支柱。当前运河每天为埃及政府收进 200 万美元外汇，1993 年运河收入达 19 亿美元，1994年超讨 20 亿美元。

对地峡的勘测初次是在 1798—1801 年法国占领埃及时期。拿破仑本人也曾研究了古运河的遗迹，指示部属对可能沟通地中海与红海的苏伊士地峡进行测量。法国外交官兼工程师费迪南·德莱塞普正式提出开凿运河。在 1833 至 1837 年间他在开罗任领事，极力"打通关节成就大事"，并于 1854 年 11月从埃及总督赛义德·帕夏那里获得开凿与经营运河的"特许权"，与埃及签订了关于"修建和使用苏伊士运河"的租让合同。

在接到埃及总督赛义德·帕夏的特许状后，费迪南·德莱塞普于 1857 年发起成立了主要由法国和埃及私人出资的"国际苏伊士海运运河公司"。于 1859 年 4 月 25 日正式破土动工开始运河的建造。当时埃及全国人口 500 万，先后动用了 220 万埃及民工，在劳动工具简陋、气候条件恶劣、霍乱猖獗的环境下，在苏伊士地区开凿运河，十多万人失去了宝贵的生命。经过 10 年艰苦施工，于 1869 年 11 月 17 日才竣工正式通航。运河建成后，全长约 190 公里，河面平均宽度为 135 米，平均深度为 13 米，大大缩短了从亚洲各港口到欧洲去的航程，大致可以缩短 8000 ~ 10000 公里以上。它沟通了红海与地中海，使大西洋经地中海和苏伊士运河与印度洋和太平洋连接起来，是一条具有重要经济意义的国际航运的水道。100 多年前马克思把苏伊士运河称之为"东方伟大的航道"。大运河西面是尼罗河低洼三角洲，东面较高，是高低不平且干旱的西奈半岛。在运河建造之前，毗邻的唯一重要聚居区只有苏伊士城，沿岸的其他城镇基本都在运河建成后逐渐发展起来了。

运河是条无闸明渠，全线基本直行，有 8 个主要弯道。自北向南贯穿四个湖泊：曼札拉湖、提姆萨赫湖、大苦湖、小苦湖，两端分别连接北部地中海畔的塞得港和南部红海边的苏伊士城。运河通航后不久，1874 年 11 月，埃及政府因开凿运河耗费 1200 万英镑而债台高筑，发生了严重的危机，所以不得不决定出卖它所掌握的苏伊士运河 44% 的股票。最终，英国和法国一起取得了运河的控制权。这样，在埃及的土地上依靠埃及人民修建起来的运河，成为欧洲殖民者谋利的工具。接着英国于 1882 年武装占领埃及，并在运河区建立起海外最大的军事基地，驻军十万，完全控制了苏伊士运河。从来不甘逆来顺受的埃及人民，决心把运河夺回来掌握在自己手里，为此埃及人民展开了一场又一场悲壮的斗争。1952 年 7 月，阿卜杜勒·纳赛尔领导人民推翻了法鲁克王朝，维护民族独立和收复运河控制权的斗争空前增多。1956 年 6 月，驻扎在运河区的 8 万英国军队被迫撤离。同年 7 月 26 日，纳赛尔顺应民意，在亚历山大城宣布苏伊士运河国有化。当晚有 25 万群众走上街头表示支持和欢庆，这样由英法霸占长达 87 年之久的苏伊士运河重新回到了埃及人民的手中。

1976 年 1 月埃及政府开始着手进行运河的扩建工程，第一阶段于 1980 年完成，航行水域由 1800 平方米扩大到 3600 平方米（适于航行的运河横切面），吃水深度由 12.47 米增加到 17.9 米，可通行 15 万吨满载货轮；第二阶段于 1983 年完成，航行水域扩大到 5000 平方米，通航船只吃水深度增加至 21.98 米，将使载重 25 万吨的货轮通过。使苏伊士运河成为世界上沟通海洋之间运输的重要通道。为了适应国际航运日益发展的需要和赚取更多的外汇，苏伊士运河第二期扩建计划的第一阶段工程已于 1994 年开工。工程把河面从 265 米拓宽到 415 米，吃水深度增加到 23.8 米；工程耗资 10 亿美元，费用的 75% 由埃及承担，25% 由日本、比利时承担。可以预料，第二期扩建工程完成后，将会对国际航运和埃及民族经济的发展发挥更大的作用。

1981 年 10 月 1 日起，苏伊士运河正式启用电子控制系统，从而标志着运河管理进入了现代新时期，它不仅提高了航运的安全性，还使运河的通过能力增加了近一倍，现今每天通过运河的船只可达 100 艘以上。

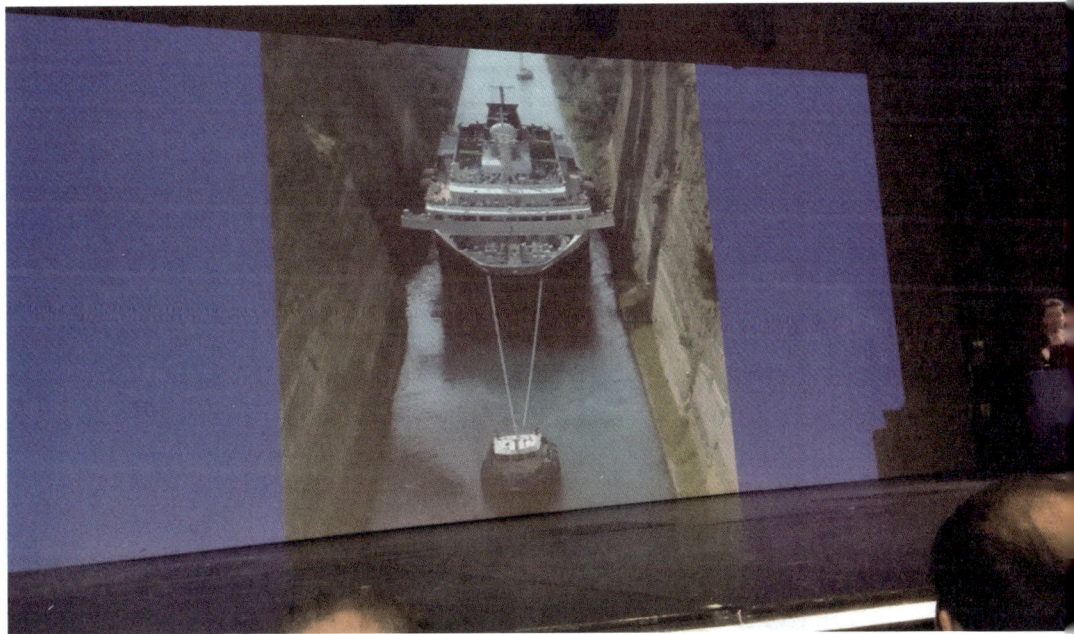

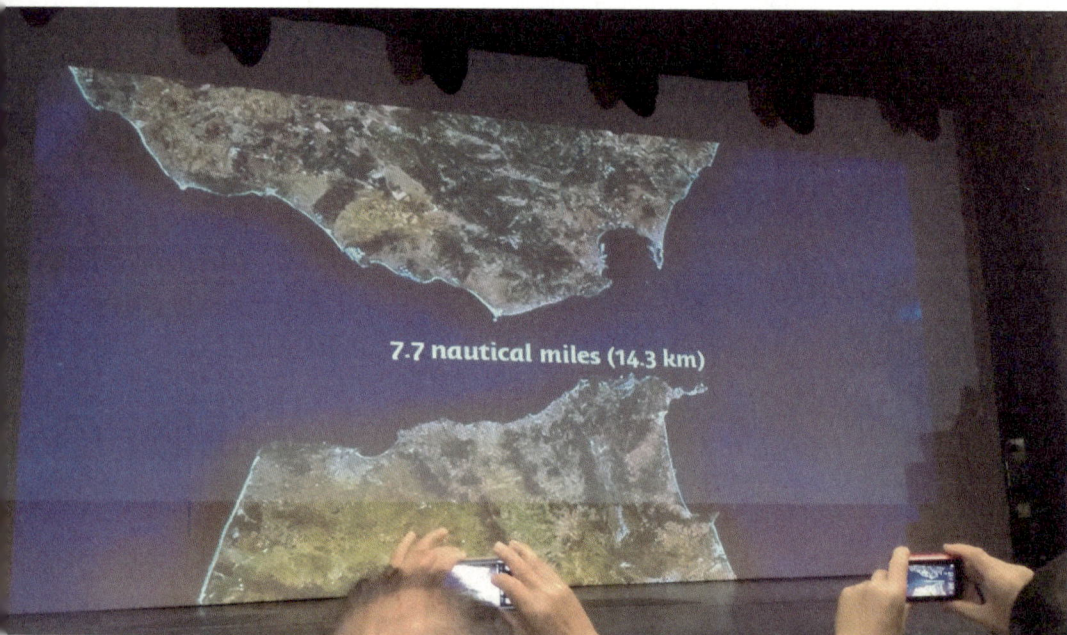

苏伊士运河

第9站
希腊雅典

SATHENS GREECE

希腊——雅典

　　希腊是一个实行议会共和制度的欧洲国家，首都为雅典。它位于欧洲东南部巴尔干半岛的南端，北部与保加利亚、马其顿、阿尔巴尼亚接壤；东北与土耳其的欧洲部分接壤；西南濒爱奥尼亚海、东临爱琴海、南隔地中海与非洲大陆相望。它是连接欧亚非的战略要地，被誉为西方文明的发源地。

　　希腊全国人口 1079 万，98% 为希腊人，东正教为国教，官方语言为希腊语。全国总面积 131957 平方公里，其中岛屿面积 2.5 万平方公里，约有 1500 多个岛屿；海岸线长约 15021 公里。希腊大陆部分三面临海，多半岛、岛屿；最大半岛是伯罗奔尼撒半岛，最大岛屿为克里特岛。境内多山，四分之三为山地，奥林匹斯山海拔 2917 米，是希腊最高峰。希腊南部地区和各岛屿属于地中海型气候；全年气温变化不大，冬季在 6 ～ 13 摄氏度之间，夏季在 23 ～ 33 摄氏度之间；平均年降水量 400 ～ 1000 毫米左右。希腊主要矿产资源有铝矾土、褐煤、重晶石、镍、铬、镁、石棉、铜、铀、金、石油、大理石等。全国森林覆盖率 17%。

　　希腊全国分为 13 个大区、52 州、359 个市镇。希腊议会为一院制，议会议员共有 300 名，由选区普选产生，最长任期为 4 年。议会主要职能是立法和监督政府工作。希腊总理和内阁主导着政治进程，总统、总理任期四年，由议会选举产生，可以连任一次。

希腊经济基础比较薄弱，属欧盟经济欠发达国家之一。工业制造业比较落后，工业主要以食品加工和轻工业为主，服务业是希腊经济的重要组成部分。2013 年国内生产总值为 1820.5 亿欧元，工业总产值占 14.5%，服务业总产值占 82.3‰ 希腊海运业比较发达，海运、旅游与侨汇并列为希腊外汇收入的三大支柱。

希腊是一个文明古国，被誉为是西方文明的发源地，拥有古老悠久的历史，并对欧、亚、非三大洲的历史发展有较大的影响。截至 2014 年底，希腊共有 16 处世界遗产：其中文化遗产 14 处、文化自然遗产 2 处。希腊璀璨的古代文化，使古希腊在世界文化艺术殿堂中熠熠生辉。众多的文化伟人，如喜剧作家阿里斯托芬；悲剧作家埃斯库罗斯、索福克勒斯、欧里庇得斯；哲学家苏格底拉、柏拉图；数学家毕达哥拉斯、欧几里得；雕塑家菲迪亚斯等。希腊实行 9 年义务教育制，公立中小学免费，大学实行奖学金制。全国有 21 所大学，著名大学有雅典大学、克里特大学、萨洛尼卡大学、佩特雷大学、雅典工学院等。

希腊大陆从旧石器时代就有人类居住，是西方文明的摇篮。公元前 3000 至 4000 年，克里特岛曾出现米诺斯文化。公元前第 3 世纪末出现了青铜器，公元前第 2 世纪初有了国家和文字。一些讲希腊语的部落开始在希腊半岛定居，在中后期建立的迈锡尼、梯林斯、皮洛斯等小国已有文字，创造了灿烂的迈锡尼文化。公元前 1200 年左右，多利亚人入侵毁灭了迈锡尼亚文明。公元 8 世纪至 6 世纪，古希腊地区处于和平环境之中，与世界上其他一些文明中心联系日益密切，向埃及和西亚人学到了许多有益的东西；使农业、手工业、商业、造船和航海业都有了长足进步，当时出现了三列桨战舰。在此期间希腊人广泛移民，这是社会变革的重要因素。

随着希腊人口增长，殖民范围不断扩大；东起黑海东岸，西至法国马赛，包括意大利半岛南部和西西里岛的一部分；北抵阿尔巴尼亚亚得里亚海沿岸地区。公元前 431—404 年间，希腊数百城邦卷入了空前规模的希腊世界大战，战火波及当时整个地中海文明世界。公元前 299 年罗马人侵入巴尔干半岛。

公元前 30 年，罗马人灭亡了最后一个希腊化的托勒密王朝，古希腊随之结束。罗马统治结束了希腊化时代的动乱，带来了一段时光的和平，而罗马人也学到了希腊的悠久文化。1460 年希腊遭奥斯曼帝国统治，1821 年 3 月 25 日希腊爆发反侵略独立战争，宣布独立。1974 年 7 月 11 日举行了议会选举，新民主党获胜并执政；12 月举行公民投票，69% 民众投票赞成终止君主制度，确立共和制，希腊王国宣告灭亡。

希腊是奥林匹克运动的发源地。运动会举行期间，所有选手及附近居民百姓会相聚于希腊南部小镇奥林匹克亚。古代奥运会所以会在希腊出现，是由地理环境、经济生活、文化习俗、宗教信仰、价值观念、审美观点等多种历史文化因素铸就成的一个客观历史现象。一般历史学家认为，从公元 6 年开始，竞技表演以比赛形式出现，通常把这作为古代奥林匹克运动会的起始年代。奥运会初期的比赛项目反映了战争与古代奥运会的关系；从单一的赛跑发展为有摔跤、混斗、拳击、四马战车、马车赛、角力、赛马、五项运动等综合性比赛。这些比赛项目多与军事技能有关，反映了战争对奥运会发展的驱动作用，也成为整个民族欢聚的盛会。

雅典是希腊的首都，是一个繁华的、狂热的、现代化的城市。雅典是希腊最大的城市，城市总面积 412 平方公里，拥有居民 380 万左右，约占希腊总人口的三分之一，是欧洲第八大城市。雅典是现代奥运会的举办地，曾先后在 1896 年和 2004 年举办了第一和第二十八届夏季奥运会。

雅典是一个繁华的都市，它的政治、文化、历史、行政中心都集中在一个很小的区域，包括宪法广场、雅典卫城以及 Omonia 广场。根据历史记载，雅典是 2000 多年前由腓尼基人建立，是民主主义的发源地。人们曾多次发动战争来捍卫民主和自由，并建立了强大的军事实力。根据希腊神话，雅典是由雅典娜智慧女神与其他诸神争夺雅典保护神的地位而建立的。几个世纪以来，雅典作为地中海地区领先文化的代表，人们对这个城市的评价褒贬不一，有反对的、也有钦佩的。雅典在地中海地区的影响随着拜占庭帝国的建立开始衰落，在 12 世纪，撒拉逊人几乎摧毁了这个城市。15 世纪，土耳其人获得了雅典的统治权，此时雅典的人口数量只有几千。从公元前400年到公元1400年，雅典遭受各种战争，袭击、掠夺至少30次。19世纪末，雅典的命运得到了巨大转变，在1896年成功举办了第一届奥运会，第二次世界大战后积极推动工业化和航运业，为经济持续发展注入了动力。

雅典是历史名城、是西方文明的发源地，有着许多著名的历史古迹和景点。雅典卫城，它是古希腊标态性建筑，大部分景观可追溯至公元前5世纪雅典的黄金时代。帕台农神殿是其中最具声誉的建筑，是供献给守护神雅典娜的神庙，也是为纪念雅典娜女神而建立的朝圣者的中心；站在上面，可以俯瞰雅典的城市风光。在苏尼翁角陡峭的岩石崖壁旁，矗立着海神波塞冬的神庙。在这悬崖上，你可以把萨尼克湾基克拉迪群岛的美妙景色尽收眼底。

站在雅典卫城上面俯视城市风光

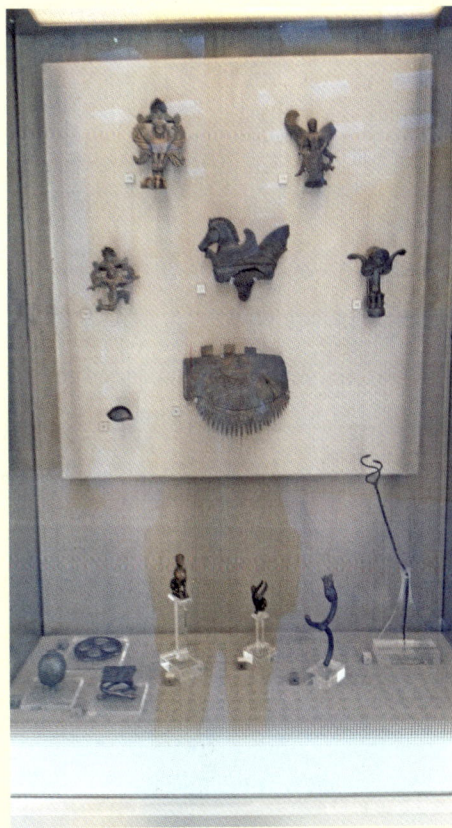

雅典卫城附近的新博物馆

在公元前五世纪，为防御波斯帝国的入侵，特米斯托克利在比雷埃夫斯建造了军港。在雅典可以看到的人类另外一个壮举，是开挖科林斯运河。这条运河长 6 公里、宽 21 米、最深处达 79 米；这是世界上开凿时间最早、开挖时间最长、极少数从坚硬石头中切割出来的运河。这条运河开挖的设想源于古罗马。公元 1882 年罗马尼禄大帝统治时期开始动工，据说他亲自用银铲挖出了第一个洞，并同时使用了大量的犹太奴隶来建造运河。这个工程一直到 1983 年，使用了现代化的工业设备才得以最终完工。在科林斯古城，这座城市拥有坚实的堡垒；这里曾经拥有甚至比罗马更大更繁华的广场、神庙、剧场、浴场、喷泉、商店，方形会堂坐落其中。

在雅典卫城附近还有雅典新博物馆。此建筑由地基、中间地带和顶部三层相连而成。底部盘旋在所发掘的遗址之上，入口处可观看考古发掘的开口处，通过玻璃斜坡可到达中间部分的双倍空间；这里容纳了上古至罗马帝国晚期的永久藏品。

雅典女神体育馆由白色大理石铺成，是世界上最大的主体育场之一。雅典新古典主义建筑还有：雅典大学、国家图书馆和国家科学院等。雅典还提供给游人多姿多彩的购物市场、商店和美食。在蒙纳斯提拉奇市场，这里可以享用到著名的希腊特色小吃："烤肉三明治"（Gyros）伴随着一小杯茴香烈酒，或葡萄酒，或软饮料，或瓶装水。GYros 是希腊人最喜爱的街头小吃，随处可见。而许多小巷中的 GYros 店都会在人行道上摆上一小桌子，供行人休息，也方便顾客品尝小吃。在雅典最古老的普拉卡，这里是颇受欢迎的住宅区。这里有独特的新古典主义建筑、古代建筑和古董店、老大学、风之塔、古代集市和 Lysicreates 建筑；那里还有各式商店、精品店、餐馆和露天咖啡店等。

第10站
希腊圣托里尼
SANTORINI GREECE

希腊——圣托里尼

圣托里尼岛别名锡拉岛，它位于基克拉泽斯群岛的最南端，在希腊大陆东南 200 公里的爱琴海上，是由一群火山组成的岛环，属希腊管辖。面积 96 平方公里，人口 1.4 万，距雅典 110 海里。约在公元 1500 年前，它是由一个火山喷发而形成的。圣托里尼由三个小岛组成，其中 2 个岛有人居住，中间的一个岛是沉睡的火山岛，历史上这里曾发生多次火山爆发。以公元前 1500 年的一次最为严重，是几千年来最猛烈的一次。它使岛屿中心大面积塌陷，使原来圆形的岛屿呈现出今天的月牙状。爆发留下一个大火山口和几百米厚的火山灰，导致了克里特岛米诺斯文明的消亡。

圣托里尼被世人称为爱琴海上壮观的宝石、最璀璨的一颗明珠。这里有最壮阔的海景、世界上最美的日落。它那漂亮美丽、宏伟而又能使人惊喜的建筑，悬挂在山崖边。在通往山顶的道路两旁，你可以赏心悦目地欣赏由顶兰墙白色为主基调、以顶园墙方为基本造型，上下多层由石梯相连、相邻建筑造型各异的特色别墅。在山上别墅的岸崖边，你可以向下俯瞰爱希尼奥斯港和亚美尼亚海滩令人惊叹的美景；观望停靠在海港中我们乘坐的歌诗达大西洋号游轮；欣赏那圣托里尼岛稀罕的黑沙滩。岛上较佳的海滩集中在岛的东南岸，这里有 4 公里长的沙滩，其中以柏丽沙沙滩尤为宜人，海滩上的沙粒是黑色的火山石。北面是小镇伊亚，是欣赏日落的好地方。

希腊圣托里尼

考古调查表明，圣托里尼岛 69 公里长的海岸线可能是史前形成的。而第一次有记载的文明，是住在岛上的腓尼基人和多利安人，分别来统治这个岛屿。在较长的历史里，该岛曾属于不同的统治者：包括斯巴达人、雅典人、拜占庭人和土耳其人。位于海平面上 396 米的希腊城市锡拉，是在公元前 9 世纪由多立安殖民者建立的，据说他们的首领为锡拉斯，他们在此一直居住到拜占庭时期。1912 年圣托里尼划归希腊管辖。1967 年，在附近的阿克罗蒂里的粉红色沙滩中，发现了古锡拉遗址，岛上大部分人口被火山喷发所摧毁，遗留下大量的陶瓷、石材、青铜工具、装饰品和艺术品。一系列壁画表明，这里曾是高度发达的社会；一些研究人员认为，这里就是亚特兰蒂斯神话中所讲述的失落之城。

费拉市位于岛的西岸边，它是圣托里尼岛的首府，是最大的城镇和商业中心，被公认为是希腊景色最美的临岸城市。主要干道 25Martion 贯穿城南北，巴士站、银行和邮局分布在这条街上。Plateria Theoto KoPouIo 广场是费拉市的中心，周围是纪念品店、银行、旅行社和船票服务站等。穿过 25Martion 道不远，到费拉市最热闹的商店街铺，在如迷宫般的小巷中，各种商店、餐馆、酒吧、咖啡馆，白色的房屋层层相连、高低错落，依火山的断崖处林立，形成独特的城市景观。晚上的费拉市，有一股使人无法抗拒的魅力，灯火璀璨、人潮熙攘、热闹非凡。漫步在用鹅卵石铺就的小径上，探望街道两旁店铺内外悬挂着的、琳琅满目特色各异的种种物品，使人流连忘返、驻足观望。许多把美景作为装篩做成的纪念品，特别吸引游客，使人在买与不买中反复思量，恐怕留下遗憾。Ghyzis 宫，位于费拉市的 Stavrou 与 loannis 街之间，该建筑原是一座 17 世纪的教堂，现在是一座文化博物馆，里面展出不少古代的地图和照片等。

费拉市码头是游轮停靠的港口。临海的山崖上建有一片顶蓝色、墙白色的建筑，与天空海洋混成一体，这是地中海中独有的景观。从码头到山上费拉镇，有一条 Z 形小路可以上下；现在上下建有索道，可方便游客上下往来。

从爱希尼奥斯港出发，沿着海岸边公路，经过卡尔德拉——这是一个四面环绕圣托里尼岛的多岩悬崖，可以来到小岛北端的伊亚镇。

伊亚镇是费拉市西北尽头的一个美丽城镇，位于圣托里尼岛的北面。它建在海边的悬崖上、是圣托里尼岛上第二大镇，被认为是世界上观看日落最美的地方。在那里你将漫步观光，无论向哪个方向望去，都是一幅绝美的画面，可谓是一步一景。小镇上依山而建的白色房屋，蓝色门窗，其间还点缀着红、黄、粉及无数种渐变的颜色，高高低低、错落有致。房屋屋顶门前种植的鲜花、芳香扑鼻。这些别致的小房屋可能是咖啡馆、可能是小旅馆、也可能是小餐馆。游客在这里可以遥望令人陶醉的爱琴海；任凭时间的流逝、浮世的喧嚣，享受这里的和谐、温馨，与世无争的幽雅时光。透过别具风格的白赭石及蓝色圆顶的房屋，将观赏到佛雷干多斯和锡基诺斯岛的著名死火山，领略 Ammoundi 和亚美尼亚海滩令人惊叹的自然美景。在圣托里尼岛的最高点，海拔 2000 米高的先知以利亚山，你可俯瞰小岛全景，用相机记录美丽的瞬间。在岛上，Panqqia EpisKopi 教堂，可追溯至 11 世纪，是存留最古老的拜占庭教堂。它经历过海盗洗劫、地震、火山爆发和 1915 年的一场火灾。

　　从爱希尼奥斯港出发，环绕圣托里尼岛的典型岩崖，一直行驶，来到了岛的南部——阿卡罗提利遗址。阿卡罗提利遗址是世界十大古代遗址之一，被称作"爱琴海的庞贝城"。

　　这是一座拥有将近 3500 年历史的古老城市；在 1967 年 Spyriaon Marinatos 教授在这里挖掘出大量的陶器、家具和绘画。阿卡罗提利在公元前 17 世纪的最后 25 年间，因为一次大地震遭到了突然的毁灭，这里的居民不得已遗弃了此城。接下来的自然侵蚀，各种火山喷发物逐渐覆盖了这座城市和整个岛。在这里你可乘坐全景观光车，有机会欣赏到圣托里尼壮美的自然风光。你将穿过风景如画的小村庄和葡萄酒庄，观赏面向费拉镇的火山口；越过火山看到另一边的伊亚镇；感受到海洋、陆地、天空三者交融的壮观美景。小岛的最高点海拔为 567 米，站在制高点，你可以欣赏从阡陌纵横的农田，到山顶伊亚小镇的自然美景。

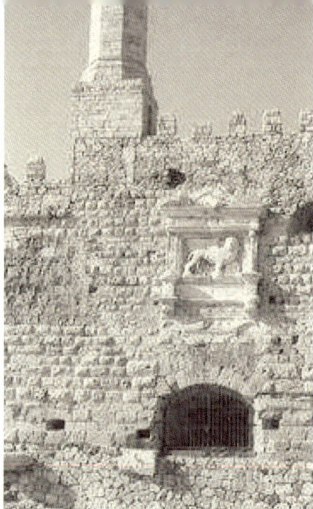

第11站
希腊伊拉克利翁

HERAKLION GREECE

希腊——拉克利翁

克里特岛 (HERAKLION)，是希腊最大的一个岛屿，它位于爱琴海和利比亚海之间，是亚洲和非洲通向欧洲的前哨。

克里特岛是温暖的海洋性气候，有良好的气候环境，使它成为一个热门的旅游目的地，旅游业常年运营。克里特岛以其独特的地下财富著名，它拥有 3000 个洞穴，在洞穴里蕴藏着可以开发的许多自然资源，它可提供的品种有卓越的石英、水晶、石笋和钟乳石。这三千多个洞穴，只被开发了一部分，有许多洞穴尚待开发。

克里特岛的历史，除了希腊时期的历史，它的历史可以追溯到超越记忆的史前 5000 多年前。这是地中海神话文化的摇篮，并且仍保留着威尼斯人、阿拉巴语和土耳其人的入侵及繁荣的米诺斯文明遗迹。米诺斯岛上曾有这样的传说：为加强克诺索斯宫殿防御，国王和牛头怪及半人半牛，这样可怕的怪物广泛出现在神话中；这些传说已经由考古人员考察后确认，这样使克里特岛成为考古研究人员最经常光顾的岛屿之一。克诺索斯的米诺斯王国的遗址，它见证了古代宫廷文化和艺术的文明，在当时已取得了难以置信的程度。

克里特岛成为一个重要的文化中心，而且它具有战略和防御的重要地位。威尼斯人把这里改名为 Candia，并把它作为统治地中海东部的重要据点之一，用以防御抵抗强大的土耳其人，这样超过了 400 年之久。正是在这里，威尼

斯人修建了许多宫殿和遗迹，包括墙、堡垒仍然是首府伊拉克利翁的重要见证。今天它的干石墙建筑，栖息在高山山脉的小城堡和孤立的教堂及修道院里，这都是历史遗迹的见证，它使克里特岛从被遗忘的记忆里重现了光彩。这里的许多城镇，仍以克里特岛的传统生活方式和平地生活着。

从克里特岛的伊拉克利翁港出发，您可以乘车到达伟大国王迈诺斯的古都克诺索斯。克诺索斯宫殿最早建于公元前1900年，它位于山坡的顶部。从山顶俯瞰山下，下面小镇的风光美不胜收。大约200年后，克诺索斯宫殿在一次地震中被毁，重建后规模更加宏伟。最终的大灾难是圣托里尼岛火山的喷发，大约发生在公元前1500—1450年之间。虽然受此重创，人们还是在那里生活了50年。直至公元前大约1400年左右，当地又遭受了一场火灾，使宫殿毁于一旦。阿瑟·埃文斯爵士在伊拉克利翁的郊区发现了这一古代的遗址；揭示了一个追溯至公元前3000年前，在克诺索斯颇有盛名的历史遗迹。在古宫殿建筑群的壮观遗址地，这里曾是该地区的行政和宗教中心。虽然阿瑟·埃文斯爵士对其进行过重建，风格曾遭到过一些人的质疑，但却有助于勾勒出宫殿的原貌；同时能帮助参观者了解该建筑群的复杂性；能还原和比较直观地了解当时国王和王室成员的生活区；包括：正殿、国家访问厅、中央法庭、剧院、储藏室、陶艺工作坊、豪华楼梯等；这些均在宫殿建筑之内。在考古博物馆里，收藏了克里特文明独有的上古神器；包括赤土陶器、大理石和雪花石膏制成的雕像、黄金、珠宝、象牙、雕刻工艺品、石棺和壁画等闻名的艺术品。

在 Kritsa 古迹，这是 PanaqiaKera 的乡村教堂。它建于 13 世纪，以其保存完好的壁画而著称。其中一幅为末日审判，描绘了天堂的喜乐和地狱的苦难。在所有的画面中，最著名的是希腊东正教日历中，阿西西的圣弗朗西斯异乎寻常的形象。

克里特岛在这里有许多城镇，他们以克里特岛的传统生活方式和平地居住着。在风景如画的海滨小镇阿基亚斯尼古拉斯，它是克里特最受游客欢迎的景点。我们将在其滨海地带步行观光，欣赏周边精致的小店，抑或在小街旁的咖啡馆流连，在传统酒馆享用午餐，或在沙滩附近游泳、晒日光浴，心旷神怡地欣赏这如画的美景。

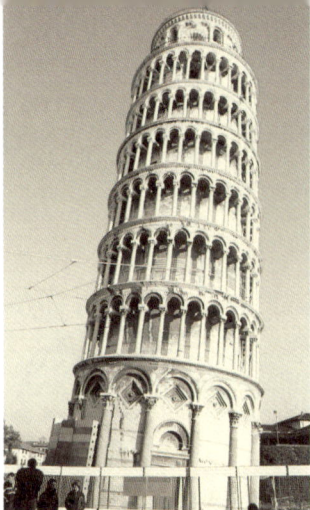

第12站
意大利罗马
奇维塔韦基亚

ITALY ROME VICKI CIVITA

意大利罗马——奇维塔韦基亚

意大利，面积 301279 平方公里；东临亚得里亚海，西面是地中海，是通向南欧、阿拉伯和非洲的门户。

罗马，是意大利的首都；它位于意大利中部，是古罗马帝国的发源地。它市区面积 208 平方公里，人口 270 万，是意大利最大的城市。这个城市分为古城和新城。古城位于北部多为古罗马遗留下来的建筑遗迹，犹如一个大型露天博物馆；新城在南部，建成于 20 世纪 20 至 50 年代，是一个现代化的花园城市。罗马市区共有 55 个居民社区、18 个新居民区与郊区。在古城区西北角有一个城中之国——梵蒂冈，是罗马教廷的所在地。

奇维塔韦基亚，是勒安尼海最重要的港口，是往来意大利罗马海上的门户。奇维塔韦基亚地区古镇 Centocell，是第一个被发现并有历史记载的地方，它曾是 Ethruria 的市场中心。由于其隐蔽的环境和方便的出海通道，Cenfocelle 皇帝图拉真，建了他最奢侈的别墅—普林尼提及。当奥斯蒂亚在台伯河口岸成为不足应付罗马海上交通时，奇维塔韦基亚取而代之。港口的独特形状，承袭了建筑师 Apollodoro 装修的原始结构与原有的雕刻和雕塑。罗马帝国灭亡后，奇维塔韦基亚承接了港口的地位、发挥了重要作用，并已经成为勒尼安海最重要的港口。现今奇维塔韦基亚的中世纪港口管理中心地位，仍保持不变。今天已成为轻型、商用、客运的管理型交通运输港口。在奇维塔韦基港口，乘观光巴士沿着高速公路，全程90钟可以到达罗马。

罗马这个被称之为"世界上美丽的永恒之城"，拥有2800多年历史、沉积着丰厚的文化底蕴。从公元前8世纪开始，艾特鲁斯坎人统治了罗马整整300年。

他们在这块土地上建立了城镇，那时罗马只是拉丁平原上的一个贸易前哨。在这漫长的300年间，正是罗马的父系氏族制时代，向阶级社会过渡的时代。公元前509年左右，艾特鲁斯坎人的统治宣告结束，建立了罗马共和国，进入了贵族专政的奴隶制国家时代。公元前5世纪起，罗马就处于不断向外扩张中；经过两个世纪，罗马共和国由台伯河畔的小城邦，一举成为地中海上的霸主。公元前137年—前132年，由于国内阶级矛盾激化，发生了第一次西西里奴隶起义。公元前73年—前71年爆发了著名的斯巴达克起义，使奴隶制社会的共和制向帝制转化。公元前30年，军事独裁的君主专政政权建

罗马教廷所在地——梵蒂冈街景

立，罗马帝国时代开始，至公元 410 年罗马帝国彻底瓦解。通过千年漫长的历史，在 1870 年，意大利王国的军队攻占了罗马，最终完成了统一事业。并于 1871 年将首都从佛罗伦萨迁到了罗马，至今罗马为意大利首都。

罗马蕴藏着鲜为人知的无价珍宝和标志性的景点，会给你带来充满魔力的旅程体验。在圣天使堡 (RoadoftheConciliation) 和协和大道 (thelsanlt' Anqelo)，你可看到永恒之城的一些重要纪念碑和广场，了解这座城市的历史。在圣彼得广场上，你可以在基督教象征的圣被得大教堂前拍照留念。

圣彼得大教堂

圣彼得大教堂是世界上最大的教堂。这座教堂建于公元 2 世纪，在当时的统治者是康士坦丁大帝。在教堂里你可以发现从文艺复兴时期，到巴洛克时期最重要的艺术作品：布拉曼特、米开朗琪罗、拉斐尔和贝尔尼尼的作品；使得圣彼得大教堂成为世界上参观人数最多的建筑瑰宝。教堂的地下就是卒于公元 2 世纪的圣人彼得的陵墓，因此教堂就建在彼得的陵墓上面。米开朗琪罗在大教堂的圆穹内壁留下无数传世佳作。在多姿多彩装饰的教堂里，在米开朗琪罗绘制的雄伟穹顶下，则是贝尔尼尼设计和建造的亭台式青铜华盖。靠近过道中间，你可看到教皇举办弥撒时站立的圣坛，在它上方是贝尔尼尼设计和建造的亭台式青铜华盖。大教堂外的广场四周环绕着贝尔尼尼设计的柱廊，柱廊上共有 150 匹战马和 47 座 capstand 的雕像，以纪念 1586 年时的皇帝。

圣克莱门特教堂 (theBasilicaofSanClemente)，是罗马天主教的领衔教堂。这座教堂由连在一起的三个小教堂组成。一座是建于公元 4 世纪，它建在原已存在的古罗马的建筑物上，在遭到诺曼人入侵毁坏后，于 1108 年重建。另一

圣彼得大教堂侧面街景

座是奥匹亚山上的圣彼得镣铐教堂 (the Churchof San Pietroin Vincoli)，这座教堂修建于五世纪中期，由当时皇帝瓦伦提尼安三世 (Valentinianlll) 的妻子欧多克希亚皇后 (Eudoxia) 建造。最初目的是供奉圣彼得被囚禁在耶路撒冷时使用的铁链。教堂内有米开朗琪罗的重要作品——摩西雕像。

在西斯廷教堂中，我们将看到波提且利、基尔来达约、佩鲁吉诺等人的绘画作品，也将欣赏到米开朗琪罗著名的油画"最后的审判"。

古罗马竞技场，是古代罗马最伟大的建筑遗迹。维斯帕先 (Vespasian)，在公元 72 年下令建造竞技场，公元 80 年提图斯为竞技场举行了落成仪式。在这个圆形露天的竞技场内，可容纳 80000 名观众来观看角斗士和野兽进行搏斗。竞技场还可以观看海军战斗表演。在竞技场附近还有雄伟的君士坦丁凯旋门 (Arcodi Costantino)，这是古典时期的最后一座纪念碑。凯旋门建立于公元 315 年，当初是为了庆祝君士坦丁 (Costantino) 在米尔比奥桥 (Milvio Briaqe) 附近战胜马森齐奥 (Massenzio) 而修建的。在罗马废墟，这里曾经是罗马政治、商业和文化生活的中心，这里有古罗马最重要的建筑——为圣人建造的神庙、教堂以及元老院。

梵蒂冈，坐落在罗马古城区西北角，面积仅为 0.44 平方公里；是天主教的诞生地，也是罗马教廷的所在地。教皇是整个梵蒂冈的首脑，享有至高权力，也是世界天主教徒的精神领袖。在梵蒂冈的博物馆里，你可以看到许多世纪以来，教皇们所收集到的所有珍贵的物品；包拾从古典主义时期，到文艺复兴时期所有的艺术珍品。

在罗马市内，沉积着丰厚文化历史底蕴的无价珍宝和标志性的景点还有许多。你乘上全景观光车，可以去卡拉卡浴场、马西莫竞技场、许愿泉、威尼斯广场、维托里安诺意大利统一纪念堂、图拉真广场及纪念柱、元老院；康斯坦丁拱门、维克多埃曼纽二世纪念堂、首都广场；塞斯提伍斯金字塔、圣保罗门、奥雷利安城墙、斗兽场、西班牙广场、蒙特其托里奥广场、万神殿、纳沃纳广场、贝尔尼尼的四河喷泉、古阿皮亚街购物区等。

从奇维塔韦基亚港口出发，可以来到距离罗马仅有几公里之遥的布拉恰诺湖的南岸。湖边矗立着雄伟的奥蒂斯卡奇城堡 (Odescalchi Castle)，这是欧洲最宏伟的封建住宅。城堡始建于 15 世纪后半期，军用建筑和民用建筑风格的混合，给人带来震撼的视觉效果。城堡里存放着古董武器、房间内饰和油画、书籍、手稿、装饰物和壁画等，展现了城堡 600 年的历史。城堡于 1952 年对公众开放，并在布拉恰诺湖美景的衬托下，这里已成为一个旅游景点；同时，城堡也成为上流社会和知名人士举行婚礼的理想场所。

第13站
意大利卡塔尼亚

ITALY CATANIA

意大利——卡塔尼亚

卡塔尼亚，地处西西里岛，是意大利共和国内具有特殊地位的一个区域。卡塔尼亚历史悠久，建于大约公元前 8 世纪的古希腊时期。它是一个被大海拥抱、阳光亲吻、上帝保佑的地方，这是一个希腊历史学家对卡塔尼亚写下的赞美之词。现在，卡塔尼亚已经成为一个繁忙的城市，除了农业外，旅游业也取得了巨大的发展。

埃特纳火山是这个城市及周围山谷的主宰者。它海拔 3323 米，是欧洲最高、最活跃的活火山，至今仍在不断喷发出浓烟和火山灰。火山脚下是尼科洛西地区；埃特纳火山喷发带来了丰富的火山灰，它包含了许多矿物质，使这里成了重要的农业中心。始建于大约公元前 8 世纪的古希腊时期，它的第一统治者 Calcides 开垦这片土地，并将其定位在商业发展，而不是用作军事基地。接下来几个王朝也是继承这种发展趋势，使卡塔尼亚避免了许多战争冲突，对这个城市的经济及文化发展有很大影响。虽然埃特纳火山强烈喷发影响着这个城市，但这并没有阻止当地人在此居住的热情。在高达 2000 米以上的火山脚下，仍旧不断繁衍着新的村庄，人们在这里进行各种农业活动，特别是种植经济作物——葡萄。

在这里葡萄酒非常出名，特别是在美国市场受到热烈追捧，进口商相互竞争，为每一瓶葡萄酒争相出高价。在桑科植物农庄，景观秀美的庄园占地

卡塔尼亚圣阿加塔教堂

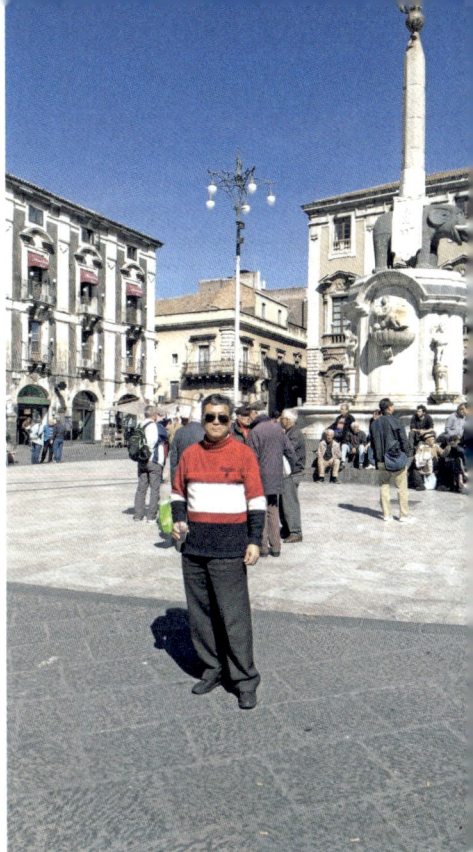

65 公顷，盛产意大利南部特有的桑科植物——柑橘和橄榄。

你可乘坐吉普车离开港口，穿过美丽的小镇到达埃特纳山脚下；通过崎岖的小路前往 Monte Fontana，你可在此步行至海拔 2000 多米高的西尔维玉斯特火山口；它至今仍在不断地喷发出浓烟和火山灰。在那里你可以观赏山顶火山口激动人心的壮观全景和几千年来火山口喷发岩浆所形成的景象。如果你继续前往赛多利斯山，在那里可以来到一个死火山口，这是 1865 年的一次火山喷发而形成的。这里的熔岩展现出了非比寻常的彩色岩层，形状各异，非常漂亮。在西尔维特的陨石坑附近，森林密布、郁郁葱葱，陨石坑长着丰富的地中海植被，吸引着游人到此造访。

意大利卡塔尼亚，到处是教堂

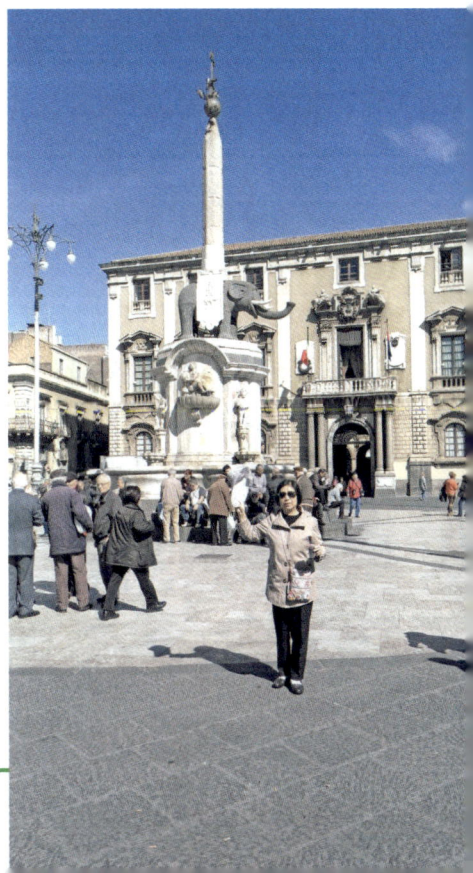

在卡塔尼亚街道上，为纪念卡塔尼亚保护人——圣阿加塔，矗立着圣阿加塔雕像的罗马圆柱。庆祝卡塔尼亚保护人的活动，一直是天主教世界第三大重要的宗教节期。这段记忆可追溯到 1744 年，那时岛上害虫肆虐，但卡塔尼亚并未受到影响。

在岛上，圣阿加塔 laFurnace 教堂是供献给圣徒的殉难之所；圣阿加塔 laVetere 教堂，是举行法院诉讼的执政官公堂。大教堂始建于 2 世纪，最后装修完成于 17 世纪。大教堂重建时美丽的柱子和艺术家的精美的文化艺术作品著称于世。在巴洛克之城，你可以经过最

教堂内精致的雕刻艺术

负盛名、最具特色的街道，去"斯泰西科罗广场"，观赏歌剧大师贝里尼的美丽建筑，外形与著名罗马竞技场相似的罗马圆形剧场。

　　离开海港，到西西里岛最热门的景点陶尔米纳，它被称为是最美丽和最有趣的地方。西西里岛有许多有名的景点，其海岸边是非常受欢迎的旅游地。此外还有诺曼城堡和修道院，以及 Acicastello 和卡塔尼亚，然后最负盛名的还要属于陶尔米纳。陶尔米纳小镇坐落于金牛山平原；丰富的自然风光和海上风景，以及其文明的历史遗迹，点缀着这个岛屿。它四周风景迷人，保留着希腊、罗马和中世纪的文明。在卡塔尼亚，希腊艺术非常盛行，就像3000年前

那样，这里的剧院会不定期地举办艺术节，剧院也成了该镇表达艺术特色的核心场所。漫步在市中心的街道上，你将观赏到墨西拿港口、塔奥敏纳和希腊剧院。剧院的根基是于 3 世纪由希腊人建造，现在遗留下来的是罗马人后来重建的。在剧院后方隐约可见埃特纳火山，为你提供了拍摄埃特纳火山的最佳角度。

卡塔尼亚周围地区有种类繁多的特色小吃。其中包括：Scacciata、凤尾鱼、新鲜奶酪、杏仁蛋糕、用辣椒和猪肉做的比萨饼；有名的甜点有 cannoli、marzipan、密西西里 cassatae 和西西里岛传统的 qranita；里面有碎冰糖浆，当地人经常用它来做早餐，它有多种口味，其中底部通常会用咖啡铺垫。

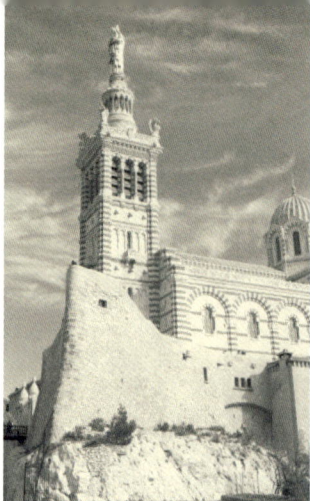

第14站
法国马赛

MARSEILLE FRANCE

法国——马赛

马赛位于地中海沿岸，是法国第二大城市，2011 年人口统计有 172 万；是地中海沿岸最大的商业港口，也是法国最大的商业港口。它位于普罗旺斯省 (Provence) 第三大都会区 (aireurbaine)；是普鲁旺斯省 - 阿尔卑斯 - 蓝式海岸大区的首府，也是罗讷河省的首府，是人口最稠密的地区。

马赛历史悠久，它是法国最古老的城市。自古以来，在学术上有少数特洛伊幸存者在这里居住的传说，说幸存者在罗纳河口找到了栖身之地，并且创建了一个新的文明社会。根据传说，几乎可以肯定，马赛是由来自福西亚 (Phocaea) 的希腊人，曾经于公元前 600 年在那里登陆，占为殖民地，并且建立了地中海第一个比较繁荣兴旺的贸易港。除了希腊人，马赛还曾被凯尔特人蹂躏过，后又被罗马人等其他的统治者征服。在中世纪，这里的商业繁华，威尼斯共和国的商人也到这里来做生意。1348 年，马赛遭黑死病袭击，在这场灾害中，有两万五千市民中死了一万五千人。

马赛处于一个重要的交叉路口，这里的出海口及通往内陆的罗纳河，它在战略、军事、政治、文化等方面，具有重要地位。在中世纪，这里商业繁华，威尼斯共和国的商人也会来到这里来做生意。

1869 年苏伊士运河开通后，作为商业港口马赛获得了更多发展机会。1934 年，南斯拉夫王国亚历山大一世抵达港口，会见了法国外交部部长路

最重要的城市历
史遗迹：圣母玛
利亚大教堂

站在大教堂边的山顶平台上可看马赛全景

易·巴尔杜。他在那里被 VladaGeorgieflf 暗杀身亡，刺杀者对亚历山大拒绝承认克罗地亚为一个独立国家而感到愤怒。二战期间，1942—1944 年，马赛港口曾被德军占领过。伊夫堡 (Chateandlf)，是港口附近的一个古老的监狱岛，在大仲马的小说中，基度山伯爵即被关押于此。

　　普鲁旺斯的文化洋溢着浪漫、温柔的艺术气息，外来文化深深地影响着它，尤其是阿拉伯人的影响。从世界大战结束以来到最近时期，城市扩张致力于建立一个多民族的社会。民间的文化融合了多种民族，有阿拉伯人、北非人、欧洲人、第一、第二、第三法属殖民地的人。在这里有一千种语言，一千种文化习俗；从艺术与音乐领域来讲，城市中心区域的文化和建筑相当有特色，它使马赛充满生机、极度引人入胜。马赛最独特之处还属它的港口，似乎马赛人与港口活动息息相关，几乎深入到每家每户，他们希望港口保持

法国港口城市马赛美丽迷人的风情

法国男孩和女孩

船舶的航运流量。在马赛多部有关走私和非法商业活动为主题的电影，都在这里产生。

这个城市最重要的历史遗迹是圣母玛利亚大教堂。这座教堂位于城市中心，始建于13世纪。它起源神秘，被人们崇敬为奇迹的教堂，人们每年募集礼物、奉献给战争与航海中的幸存者。在教堂中，最有名的是钟楼，一尊47米高的圣母金身屹立在山顶，庇佑马赛城。在教堂外的山坡梯阶上，你可以观赏整个教堂的宏伟建筑，在山顶上可以眺望整个马赛城市的全景。

LONGCHAMP是坐落于附近的一座文艺复兴时期的宫殿，类似意大利的庄园，拥有别墅、花园、流水、喷泉以及雕像。

离开马赛港口约一个小时车程，你可抵达亚维农。600年前，亚维农曾一度有一个繁荣时期，这主要归功于当时有一位教皇移居此地。在以后的 1309年至 1403 年，前后有 7 位教皇移居此地，建造了一些非凡的建筑，供来自世界各地的朝圣者和游人参观。教皇宫殿内有各种画廊、房间和小礼拜堂。虽然现今已人去楼空，情景颇为萧条，但通过十分精致的手工地毯，我们也许可以窥见那个鼎盛时代神秘的面貌了。

普罗旺斯埃克斯是普罗旺斯的文化和政治中心，距马赛港口仅半小时车程。漫步在埃克斯浪漫的街道上，你可以看到建于 17 和 18 世纪、历经风雨沧桑宏伟的大楼。小镇中心的米拉波大道，是一条两旁绿树成荫的田园式大道，这里有美丽的喷泉和露天咖啡馆。在这里还可以参观著名红衣主教的兄弟大主教，迈克马萨林设计的马萨林区，这一矩形设计建于 1646 年，具有 17 世纪城镇的典型风格。在此，你将参观"Placedes Quatre Dauphins"（四海广场）以及以四只海肠雕像为装饰的可爱喷泉和参观兼具 5 至 7 世纪建筑风格的圣索菲大教堂。

在马赛最老的街区"篓筐"（Panier），你在登上圣罗兰教堂途中可以观赏到老港口的全景。在市政厅后面是"LePanier"（篓筐老城）的城市历史中心，那里有一座 17 世纪建造的旅馆，名字为"Le Loqis dupanier"。在这里可以发现马赛最古老城区的神秘魅力。然后来到一个老济贫院"de Vieille Charite"，这里它过去曾是一家老医院。

第15站
西班牙巴塞罗那
BARCELONA SPAIN

西班牙——巴塞罗那

西班牙位于欧洲西南部伊比利亚半岛上。北临比斯开湾，西邻葡萄牙和大西洋，东南面隔着地中海与北非大陆相望，直布罗陀海峡扼住地中海与大西洋通行航道的咽喉。

巴塞罗那位于西班牙东北部，濒临地中海，是西班牙第二大城市。也是加泰罗尼亚自治区首府，以及巴塞罗那省（隶属加泰尼亚自治区）的省会。

巴塞罗那全市面积 101.9 平方公里，全市人口约 400 万，仅次于首都马德里，是世界上人口最稠密的城市之一；其主要民族为加泰罗尼亚族。1137 年，巴塞罗那成为加泰罗尼亚和阿拉贡联合王国的首府，并于 15 世纪初期巴塞罗那及其所辖地区并入西班牙国。

巴塞罗那是加泰罗尼亚的港口城市。全城处在两座小山之间，市区三面为丘陵，一面是海港，地中海的海岸以 V 字形围抱着；使巴塞罗那拥有地中海最大的港口和最大的集装箱集散码头。出口货物包括纺织品、船舶、化工原料、水果罐头等；进口商品有机械、石油、棉花、谷物等；进出口贸易约占全国总额的 40% 以上。极具魅力的海港，以它绝佳的地理位置和齐全的装备设施，成为各游轮公司钟爱的停靠之地。在 2002 年，巴塞罗那港共迎接了 633 艘游轮，84.3 万游客；游客旅游与购物，在欧洲形成了 5 公里长的购物带。

巴塞罗那是西班牙最重要的贸易、工业、金融中心。工业以机械、纺织、印刷、食品等著称，皮革加工制品远近驰名。它的造船和纺织工业历史最为悠久，它是全国最大的造船和纺织工业中心。第二次世界大战后，汽车、化工、精密仪器、塑料等工业迅速发展，工业总产值占全国的 1/5，是西班牙最大的工业中心。巴塞罗那盛产葡萄酒，品种繁多，尤以陈年佳酒著称。

巴塞罗那气候宜人、风光旖旎、古迹遍布，素有"伊比利亚半岛明珠"之称，是享誉世界地中海风光的旅游胜地，也是西班牙世界著名的历史文化名城。

巴塞罗那城是加泰罗尼亚文化的发祥地，也是西班牙世界著名的历史文化名城，同法国文化和语言的发展渊源颇深。在 2000 多年的历史中，巴塞罗那形成了自己独特的文化，巴塞罗那有两种官方语言：西班牙语与加泰罗尼亚语，而且两种语言都得到广泛使用。巴塞罗那有教会大学、巴塞罗那大学、工艺学院和加泰罗尼亚医学院等高等院校。巴塞罗那大学建校已有 500 多年历史，师资和学生数目首屈一指，是现存最古老的大学。巴塞罗那有加泰罗尼亚艺术博物馆、毕加索博物馆、历史博物馆、自然博物馆等 20 余所博物馆。它是西班牙第一个开办印刷所的城市，也是欧洲第一个发行报纸的城市。巴塞罗那曾经承办过 1888 年和 1929 年两届世博会。1992 年又成功举办了 25 届奥运会，使巴塞罗那市名扬四海。在 1982 年的西班牙足球世界杯时，欧洲最大、世界第二大的"诺坎普"体育场，容纳观众人数从 98000 人扩展到 120000 人，现代化的通用设备使它成为欧洲最好的足球场；在 1998 至 1999 年赛季，欧洲足协授予它五星级球场称号。F1 巴塞罗那赛道，建于 1991 年，全长 4.725 公里，被公认是最接近完美的跑道。

巴塞罗那 1987 年以来，已被划分为 10 个行政区。其中主要的城区有靠近海岸线中部的老城区、北部的扩建区、西部的蒙杰伊克区和北部郊区格拉西亚区。老城区是历史最悠久，最受游客欢迎的区域，也是整个巴塞罗那的心脏：它又分为哥特区、海岸区和拉巴尔区。哥特区是老城区的核心区，在景色美丽的哥特区内有许多建筑遗址，这里有不少令人难忘用灰色石头造的建筑。拉包尔区是以前的红灯区，这里街道两旁排列着艺术家的艺廊、服装店、酒吧和唱片店。老城区内著名的兰布拉大街北端通向扩建区。扩建区是城市规划的典范，这里的街道呈整齐的方格布局，交叉路口呈钻石形，区内有大广场、宽广的大道、两旁绿树成行，聚集了许多高迪的建筑。兰布拉大街的南端是海港地区的和平门广场，广场中央矗立着哥伦布瞭望塔，登上塔顶的瞭望塔，可以欣赏港口的美景和西部蒙杰伊克区的城市"绿肺"。

巴塞罗那是国际建筑界公认的，将古代文明与现代文明结合最完美的城市，也是一所艺术家的殿堂。市内随处可见著名艺术大师毕加索、高迪、米罗等人的遗作。在市内有罗马城墙的遗址、中世纪古老的宫殿和房屋，与现代化的建筑交相辉映。在现代化的城市布局中，保留着石块铺砌的古老路面和建于14世纪哥特式天主教的大教堂。巴塞罗那有八栋建筑物1984年被列为世界遗产，其中包括著名建筑设计师安东尼·高迪的许多设计的作品。

巴塞罗那主要景点有：

1. 巴特洛公寓——高迪设计的现代主义风格的建筑；它散发着梦幻气息、色彩鲜艳、外墙面不规则、给人怪异的感觉的住宅大楼。它的外观完全由多彩微小的马赛克覆盖，屋顶也采用同样的技巧，使人赞叹不已。

2. 米拉公寓——高迪最成熟的代表作品；建于1906到1912年之间，是任何其他的现代主义建筑都无法与之相媲美，这是高迪设计的最后一处住宅楼。该建筑承袭了高迪一贯的怪异风格，多用流线式结构进行创作，无不证明了艺术家高迪非凡的设计技术与创造力。

3. 毕加索博物馆——毕加索与建筑怪才高迪、建筑家米罗、画家达里一样，是巴塞罗那引以为豪的艺术巨匠，他是从这里走向世界；博物馆内藏有他蓝色时期的主要作品。

4. 圣家堂——是高迪的遗作，也是巴塞罗那地标性建筑；它被认为是人类有史以来建造的最宏伟的建筑，吸引着全世界的游客来此参观。圣家堂是一座哥特式教堂，以中世纪教堂为原型进行设计，用现代主义风格进行建造；工程的设计与施工建造都由建筑家高迪负责完成，并于1883年开始施工，直到43年后他遇车祸死亡。工程停顿到1952年复工，此时建筑完成接近60%，按原设计要求施工的竣工时间预计到2026年，施工的主要经济来源是社会捐

安东尼－高迪米拉公寓内部

助和门票收入。这是一座多以《圣经》中人物和场景为题材，将极其繁复的雕刻和细致的装饰布满墙面，且是施工难度极高的建筑。高迪把全部精力投入其中，显示出他无与伦比的高超建筑技巧。此后他再也没有设计任何其他建筑，不难看出他对宗教信仰的高度虔诚和敬意。

5.埃尔公园——是高迪创作生涯中成熟时期的代表作，充分体现了他的美学思想。公园入口处两座小楼屋顶上有许多外表镶嵌着白、蓝、绿、红、棕等颜色碎瓷片，图案怪异；多柱大厅内的柱子造型规整、排列有序，这在高迪作品中是罕见的。屋顶平台周围的矮墙曲折蜿蜒，土墙身上贴着五颜六色瓷片，组成怪异莫名的图案，仿佛是一条弯曲蜷伏着的巨蟒。

6.圣保罗医院——与圣家堂遥遥相对。该遗产始建于1902年，按一座小型城市来规划的，占据9个街区的面积，12幢独立的现代派式建筑，沿用基督教传统符号，条理分明地分布在一座大花园内。该医院拥有世界最重要的医学档案遗产。

安东尼－高迪的米拉公寓

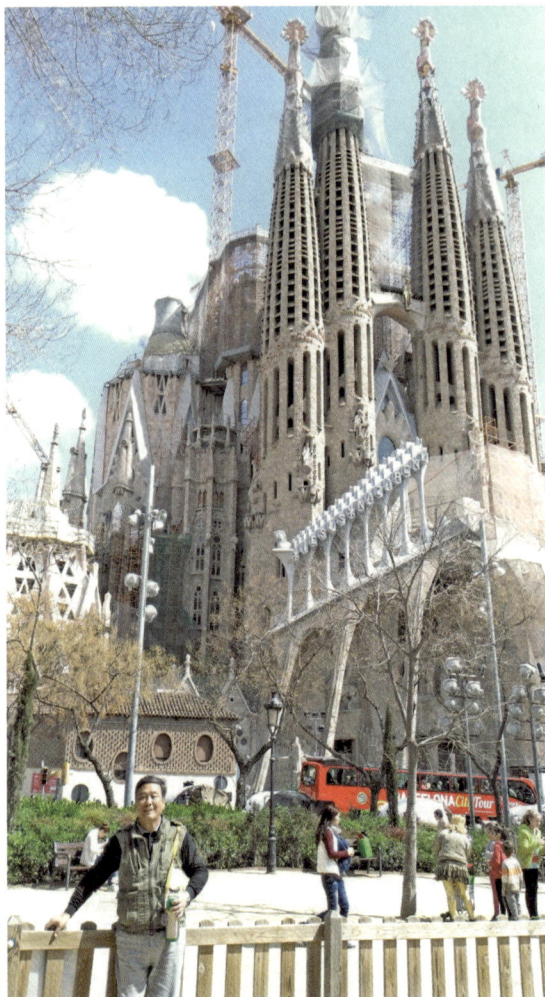

一百多年前建造至今未完工的世界著名建筑圣家大教堂

7. 哥伦布塔——在兰布拉大街的尽头高高耸立着的哥伦布纪念塔，以纪念这位发现美洲大陆的伟大的航海家。

8. 黄金海岸及贝尔港——这是惹人心醉的金黄色沙滩与蓝色的海洋，是世界上吸引男人眼球和人们休闲的天堂。

在巴塞罗那港口，可乘上旅游巴士，前往各个你想去的景点，一路鸟瞰观光。到提维达波山，它是巴塞罗那的最高点（海技 500 米），在这里可以欣赏整个城市的风采。穿过老城区一条传统小道来到哥达区的圣欧拉利大教堂，在教堂主广场可体验哥特式建筑的神秘风情和品尝西班牙的美食小吃，各种 TAPAS。攀登蒙特惠奇山 (MontJuicHll)，山上有郁郁葱葱的花园，在这里也可领略包括奥林匹克建筑在内的全市美景。途经对角线大道、格拉西亚大道，来到巴塞罗那扩建区的地标性建筑——圣家堂，及著名的"鲁营足球体育场"；在体育场，你可近距离观看大决赛场地、冠军们的更衣室；在历史博物馆看到巴塞罗那冠军奖杯、罗纳尔多和"金童"马拉多纳的足球 T 恤衫和战靴。来到对角大街和格斯雅大道，我们可以观赏高迪的米拉公寓和巴特洛公寓的建筑杰作。加泰罗尼亚广场是巴塞罗那著名的商业中心，你

可以在兰布拉 (Ramblas) 大道自由购物。

　　巴塞罗那海滩，是世界上最吸引男人眼球的天堂。在这个南欧度假胜地，挤满了穿着比基尼的女郎。加泰罗尼亚姑娘似乎天生就有性感的身材、健康的肤色、金色的长发、艳美的脸庞，更具有加泰罗尼亚民族热情奔放、洋溢着活力和快乐的美；她们是海滩上热力的人群，是男人们洗眼的宝贝。躺在金黄色的、软绵绵的、细细的、温暖的沙滩上，注视着蔚蓝色的天空，沐浴在阳光下，抚吻着湿润的海风，心潮随着海浪起伏，让人久久不忍离去。

　　顺着哥伦布青铜像手指大海当年哥布远航的出海口，这是一个深水码头，在湛蓝的海水中，停泊着一艘哥伦布出海时乘用的"拉尼亚号"帆船的复制品。注视蕴藏着厚重历史底蕴的港口，深深地给人留下了不可磨灭的印象，它——巴塞罗那，不愧为一座世界文化历史名城。

第16站
葡萄牙里斯本
PORTUGAL LISBON

葡萄牙——里斯本

葡萄牙位于欧洲西南部的伊比利亚半岛西部，呈南北走向；总面积92072平方公里，人口1059.9万（2006年）。其西、南边濒临大西洋；东、北部与西班牙相邻；比利牛斯山将半岛东北部与法国接壤、与欧洲大陆相连；南部隔着直布罗陀海峡与非洲相望。

里斯本，是南欧国家葡萄牙的首都，是葡萄牙政治、经济、文化、教育的中心。面积84.8平方公里，人口约56万，大里斯本人口高达280万。它位于欧洲大陆最西端伊比利亚半岛特茹河河口，距大西洋不到12公里，是葡萄牙最大的海港城市。里斯本是一个气候温和的城市；北面为辛特拉山，特茹河流经城市南部注入大西洋，受大西洋暖流影响冬不结冰，夏不炎热。一二月份平均气温平均为8摄氏度，七八月平均气温为26摄氏度；全年大部分时间风和日丽温暖如春，舒适宜人。

里斯本在史前时代就有人定居。在石器时代，这个地区已经有尹比利亚人居住。公元前205年起为罗马人统治，当时统治者恺撒把这个地区升格为市。公元5世纪被蛮族人占领。公元8世纪被摩尔人夺取，信奉伊斯兰教的摩尔人在市内建了许多房屋、清真寺和城墙，使这个城市得到了迅速的发展。1147年，葡萄牙第一代国王阿方索一世夺取了里斯本。1245年，里斯本成为葡萄牙王国的首都和贸易中心。在地理大发现时代，航海家瓦斯科达伽马是

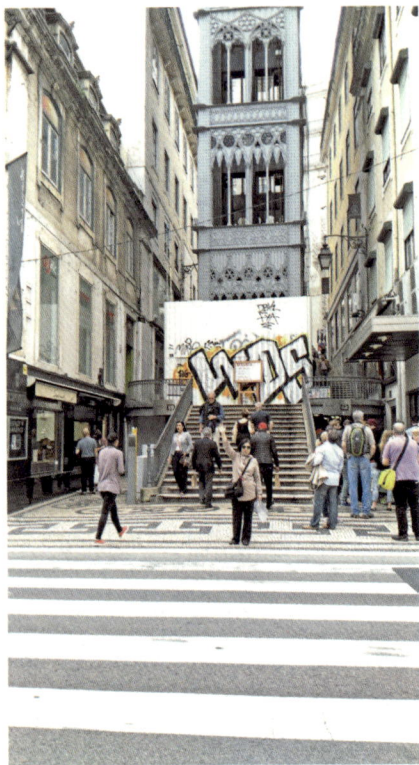

葡萄牙里斯本世界上第一座电梯

由里斯本出发去世界不同地方探险的。16 世纪是里斯本最辉煌的时期，大量黄金从当时葡萄牙殖民地巴西运来，使里斯本成为欧洲富甲一方的商业中心。1755 年，里斯本爆发了一场大地震，超过 40000 人死亡，使这个城市严重衰落，开始走下坡路。到 19 世纪拿破仑入侵里斯本，当时的皇室集体逃亡至巴西，使城市受到了破坏。

里斯本是个工业发达的城市，特茹河南岸已成为葡萄牙重要的工业中心，主要工业有造船、水泥、钢铁、塑料、软木、纺织、造纸和食品加工等。里斯本造船业世界闻名，每年修船量占世界总修船量的 1/9。它有欧洲最大的干船坞，可制造 30 ~ 70 万吨级各种油轮，可以检修 100 万吨级的大型油轮。里斯本是葡萄牙最富庶的地区，GDP 占整个葡萄牙的 45%，人均 GDP 远高于欧盟平均人均 GDP 的水平。

里斯本是葡萄牙最大的文化中心，也是欧洲最大的文化中心之一。里斯本国家图书馆建于 1796 年，是全国藏书最丰富的图书馆。里斯本博物馆收藏有 16—19 世纪中期皇家的各种马车包括：四车马车、轿式大马车及双轮轻便马车等。14 世纪建立的卡尔马教堂，现已辟为考古博物馆、民俗和艺术博物馆，展出现代的装饰和民间艺术等。古本江基金会是世界最大的基金会之一，它以促进文化、教育、艺术、科学与慈善事业为发展宗旨。它坐落在古本江公园，有基金 4 亿多美元。基金会本部与博物馆相连，有一条长 60 米、宽 17 米的艺术品展廊，还有一座有 1300 个座位的大厅，可以演出芭蕾、戏剧、电影；

还可举行会议，每个座位上装有 6 种语言的同声传译设备。博物馆里陈列着 3000 多种东西方文物。图书馆藏书 10 万册，它为促进葡萄牙文化教育事业的发展和加强国际交流发挥了重要作用。里斯本大学创建于 1972 年，是一所综合性大学，有 19 个院系；主要有：建筑科学、应用技术、健康产业、应用商业、酒店及旅游等专业。在健康及医疗管理方面，与全球著名的大学之间建立了尖端科技合作项目；与美国麻省理工学院共建了全球创业研究中心，在全球的学术界影响力越来越大。

里斯本有着许多葡萄牙经典的文化遗产和建筑。1983 年葡萄牙的贝伦塔和尼莫修道院成为世界遗产。位于大西洋岸边的贝伦塔，建于16 世纪，涨潮时它似浮在水面上，景色动人。

贝伦塔前留影

塔前的热诺尼莫修道院，是流行于 16 世纪初的曼努埃尔式建筑的典型，气魄宏伟，雕刻华丽；葡萄牙航海家达伽马就长眠于此修道院的墓地中。在附近的航海纪念碑，造型优美，宏伟壮观；在看似航行在碧波万顷中的巨型石刻的大帆船上，当年葡萄牙国王的儿子亨利像屹立在船头，四周站立着船长、地理学家、数学家、木工等人物雕像；在纪念碑浮雕的画像上，再现了葡萄牙航海家亨利周游世界、搏击风浪的气魄宏伟的英雄壮举。在广场的水泥地上能工巧匠制作了一幅巨大的世界地图，清晰地标出了葡萄牙航海家远航世界的年代、地点

葡萄牙里斯本航海纪念碑

葡萄牙街头艺人在街上献艺

和航线，使人们对葡萄牙的航海史一目了然。庞包尔广场是为纪念庞包尔侯爵重建里斯本做出的巨大贡献而建立的，广场中央竖立着庞包尔侯爵的雕像。

里斯本是一座有魅力、风景优美的旅游城市。1998 年里斯本主办了世界博览会，为体现里斯本是海洋城市的特色，主题是"海洋未来的资产"；博览会举行了 132 天，总计参观人数达一千万人次。古老渔村卡斯凯什是葡萄牙最具声誉的海岸旅游胜地。沿着海岸穿过德拉山，可领略原生态的风景和古树。

经过一系列的风景如画的小镇到达罗卡角，这是靠近大西洋的海角，也是欧洲的最西点，在此可以欣赏到令人惊叹的自然美景。继续乘坐吉普车穿过迷人的童话式小镇辛特拉，探索其无数的魅力和小巷的建筑。这里有一座皇家宫殿，曾经是葡萄牙皇室的避暑胜地，1955 年，辛特拉被联合国教科文组织列入世界文化遗产。在市内埃什特雷拉广场，你可以在这里登上预定的传统的木质电车，这是城市居民常用的交通工具；它建在七座山上，把里斯本的许多街道相连。这些木质电车，多数都可谓是老古董了，它充满了魅力和历史气息。这一特殊工具将带你穿过老镇的特色街区，领略壮丽的景观，然后前往首都最古老的阿尔法码区，观赏特色小街和摩尔式建筑。

　　此外，在这地区可以欣赏宏伟的圣母马利亚教堂和圣哲罗姆修道院，领略其迷人的风采。在里斯本，穿过市中心的商业广场、罗西奥广场、光复广场、自由大道和爱德华七世公园，在贝伦区和雷斯特罗住宅区，你能看到阿茹达宫。沿着幸特拉国家保护森林公园弯长曲曲的狭窄小路，乘车前往一个神秘世界，在那里佩娜宫位于佩娜公园延伸出的一片广阔的林地中，它原本是一座为纪念 Vascoda Gama 的舰队返航而建造的修道院。

葡萄牙里斯本街景

第17站
葡萄牙蓬塔德尔加达
PORTUGAL PONTA DELGADA

葡萄牙——蓬塔德尔加达（葡属亚速尔群岛）

葡属蓬塔德尔加达，是亚速尔群岛的首府，位于亚速尔群岛的圣米格尔岛。

亚速尔群岛位于欧洲的最西端，北大西洋东中部的火山群岛中，离群岛最近的大陆陆地为葡萄牙罗卡角。亚速尔群岛是火山岛，从东至西一直延伸650公里，由9个主要岛屿组成：包括圣米格尔、圣玛利亚、法来尔、皮库、圣若热、特塞拉、格拉西奥萨、弗洛里斯和科尔武。整个群岛总面积为2300多平方公里，人口约25万，大部分为亚速尔人和柏柏尔人，以葡萄牙语为主。该岛实行一院制，称为立法院，由105名议员组成，负责立法和监督政府。政府行政长官由民主选举产生，同时兼任葡军驻岛的司令。部长会议主席由议会提名，行政长官任命，对行政长官负责。

亚速尔群岛在1427年由葡萄牙国王的领航员塞尼尔发现，当时在岛上没有人类居住的痕迹。约在1432年，葡萄牙官员卡布拉尔及其随从在圣马利亚岛开始建立了居民点。1444年圣米格尔岛有人落户，几年后特塞拉岛也有了居民。在亨利王子妹妹、勃艮第公爵夫人伊莎贝拉的要求下，由厄特尔率领的几位佛兰芒人被允许在法亚尔岛落户。到15世纪末，所有岛屿均有人居住。

1580—1640年，亚速尔群岛与葡萄牙其他地方一样曾隶属西班牙。该岛成为西班牙运载财宝，从西印度群岛返航途中船队的集结地；从而也成为西班牙与葡萄牙、英国之间海上的战场。1766年葡萄牙蓬巴尔侯爵，任命一名总督兼提督驻特塞拉岛的英雄港。1832年将群岛变为自治区，划分为：英雄港、蓬塔德尔加达和奥尔塔三个行政自治区，与葡萄牙本土具有同等的地位。

亚速尔群岛属亚热带地中海气候。夏季干热、平均气温28摄氏度；冬季温湿、平均温度18摄氏度；年降水量750 ~ 1000毫米。有丰富的地中海地区的植物和经济作物，主要农作物有大麦、小麦、蔬菜等。经济作物有菠萝、柑橘、葡萄、香蕉等。畜牧以养牛、养羊为主。近海捕鱼业发达，主产金枪鱼、食留鱼、狐鲣、鲸鱼等。工业以葡萄酒酿造、鱼类加工、制酪等为主；还有刺绣、陶器、花篮编织等手工业。主要进口物资有纺织品、食品、石油、煤炭、汽车、机器设备等。出口物资有手工绣品、菠萝、鱼类、罐头、鲸油、葡萄酒等。

亚速尔群岛距葡萄牙海岸约1450公里，从葡萄牙首都里斯本飞往亚速尔群岛大约需要两个半小时。15世纪葡萄牙航海家发现了亚速尔群岛以来，该岛一直是大西洋航线的重要补给点，它已成为西欧、南美、西非间重要的海运站和国际航空中继站。

亚速尔群岛是火山岛，由玄武岩组成。地势崎岖、森林茂密；多火山锥、火口湖，且湖多清澈；山中热泉等地热资源十分丰富。亚速尔群岛优越的气候条件、独特的地理地貌、引人入胜的自然环境，是欧洲保持原汁原味自然景象的地方，如今已成为人们旅游的最佳岛屿和度假胜地。

亚速尔群岛有九个不同的岛屿组成，每个岛都有不一样的特色，都可以给你一份快乐和惊喜。在那里你可以看见海豚和鲨鱼在海里嬉水；看到休眠火山的喷发口及水蒸气自地下向地面升腾，这里火山灰土壤肥沃着绿色植被，让人炫目的紫丁香颜色的八仙花，茂盛地生长在蓝绿色的火山湖边。

特塞拉岛是亚速尔群岛的主要岛屿之一，约有57000居民，是群岛中最热闹的一个。繁荣的市镇英雄港位于特塞拉岛的南岸，它始建于16世纪，是世界文化遗产之一，吸引着无数的捕鲸人、猎宝者、小商人。他们徜徉在饿卵石铺就的街头巷尾，坐在古老广场的咖啡馆里啜饮着浓咖啡；岸边叮着捕鳕鱼的船，家庭主妇和岛上北约的拉日什航空基地的休假飞行员，悠然地享

蓬塔德尔加达（葡属亚速尔群岛）

受着生活。

离开热闹城区来到海边，站在制高点上，可以欣赏大西洋海岸边岩石嶙峋、峭壁耸立，黑色火山岩犬牙交错，大海变幻不定的景象。英雄港保留了葡萄牙贸易货栈、两座要塞圣塞巴斯蒂安教堂和圣约翰浸礼堂，这些建筑形成了港口的主要框架。大量16世纪巴洛克建筑遗迹、教堂和修道院组成紧密的市区建筑群，带有涂漆木制阳台的两层民居，成为典型的葡萄牙风格的建筑遗产。由于当地地热丰富，利用地热烧菜煮饭是当地一绝：把米菜拌好，放入调料后放入一个周围带孔的木制园桶内，利用地表冒气的小洞口用蒸汽罐蒸几个小时，热腾腾、香喷喷的饭菜别具风味。不少旅行者就是冲着这熔

蓬塔德尔加达（葡属亚速尔群岛）

岩烧烤而来的。东部的圣米格尔岛，山高林密、云雾缭绕，岛上有神奇的"双子湖"。湖面平如镜，在阳光照耀下，湖中一汪碧绿色的倒影中，闪烁翠绿光泽的圣格尔山峰，美不胜收。该岛最高点位于皮科岛上海拔 2351 米，海岸陡峭，时发火山和地震，1957 年境内海底火山也曾强烈喷发。皮科岛被列为世界遗产，这里有令人惊奇的山脉、悬崖峭壁、黑色玄武石和用玄武岩筑就的葡萄园。

亚速尔群岛林鸽也是属于世界上大约 250 种鸽子形目中的一种，其中 170 种左右属鸠鸽科。鸽子是世界上分布最广的鸟类之一，除了非常寒冷的地区和荒芜的海岛外，到处可见它们的足迹。按体型区分，大型称鸽小型称鸠；而人工饲养的白鸽除外，不论其体形大小，一律都称为鸽子；鸽子，特别是白鸽是和平的象征。它们在地面上觅食，有的则依靠森林里的食物为生。世界上大约三分之二的鸽子栖息在亚洲、澳洲和西太平洋岛屿的热带地区；其他如非洲、南美洲及气温温暖的欧亚大陆和北美洲也可见到各种鸽子。鸽子温文尔雅，喙短小，走起路来昂首阔步很神气。由于翅膀长，飞行肌肉发达，善于飞行，人们就训练鸽子来传递信息。鸽子严格实行一夫一妻制，终生不渝，即使丧偶，也要过很久才再婚。雌鸽一窝一般两个白色的蛋，小鸽子在孵化 14 ~ 19 天以后出壳，然后在窝里要哺育 12 ~ 18 天变成小鸽子。

位于大西洋东北部沿岸中部的海域，吸引着 24 种不同类型的鲸类：抹香鲸、座头鲸、明克鲸、蓝鲸、大须鲸、槌头鲸、索比尔鲸、突吻鲸等；在海边，平均在 30 分钟内至少可以观察到一种海洋哺乳类生物，包括以上鲸类或海豚。

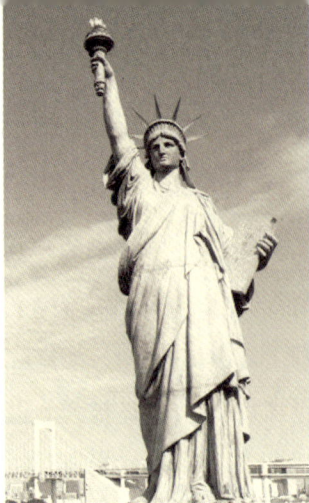

美国——纽约

　　纽约是美国最大的城市，位于美国东海岸的东北部，濒临大西洋。占地面积 789 平方公里，包括水域面积为 1214 平方公里，是纽约都会区的核心。截至 2012 年，纽约市人口大约有 830 多万。它拥有来自 97 个国家和地区的移民，是多族裔聚居，人口最多的多元化城市。使用多达 800 种语言，其中包括西裔在内的白人约占 67.9%、非裔 15.9% ＞亚裔 5.5%。纽约市地处哈德森河口，紧邻哈德森河，让纽约市享有航运之便，使之快速发展成一个贸易重镇。纽约市处于北温带，四季分明，雨水充沛，气候宜人；夏季平均温度 23 摄氏度，冬季平均温度为 1 摄氏度。

　　纽约市由五个区组成：布朗克斯区 (TheBronx)、布鲁克林区、(BrooklYn)、曼哈顿 (Manhattan)、皇后区 (昆斯区、Queens)、斯塔滕岛 (StatenIsland)。布朗克斯区是最北的行政区，陆地面积 44 平方英里，是纽约市唯一与美国本土相接的区域；世界上最大的市内动物园位于此地，面积达 265 英亩 (1.07 平个千米)，收养动物达 6000 头；布朗克斯区还是饶舌乐和嘻哈文化的发源地。布鲁克林区是人口最多的行政区，位于长岛的西端；人口超过 240 万，陆地面积 82 平方英里；此区的文化、社会和种族极富多元性，有独立艺术情调以及建筑传统；除曼哈顿外，布鲁克林是唯一有中心商业区的行政区；此区还有一条长海岸线，其中的科尼岛于 19 世纪 70 年代设立，是全美最早的游乐设施之一。

曼哈顿岛是纽约的核心，在五个区中面积最小，陆地面积仅为 24 平方英里，人口超过 150 万；但这个东西窄、南北长的小岛却是美国的金融中心，美国 500 家公司中，有三分之一以上把总部设在曼哈顿；7 家大银行中的 6 家以及各大垄断组织的总部都在这里设立中心据点；这里还集中了世界金融、证券、期货及保险等行业的精华；位于曼哈顿岛南部的华尔街是美国财富和经济实力的象征，也是美国垄断资本的大本营和金融寡头的代名词；这条长度仅 540 米的狭窄街道两旁有 2900 多家金融和外贸机构，著名的纽约证券交易所和美国证券交易所均设于此。

皇后区是面积最大的行政区，位于长岛布鲁克林的东侧；陆地面积 112 平方英里，也是种族最多元的郡，人口超过 220 万，人口成长速度将超过布鲁克林成为人口最多的行政区；这里也是非裔美国人收入大于白人的县（年收入约 5.2 万美元）；这里有纽约大都会的花旗球场，是美国网球公开赛的举办地；在交通方面，纽约都会区的三个机场中有肯尼迪国际机场和拉瓜迪亚机场位于此地区。斯塔滕岛是纽约市人口最少的一个区，人口仅 44.3 万，它面积 60 平方英里，是曼哈顿的 2.5 倍；但它拥有众多的历史文化圣地、体育场馆和自然风光，其中一半享受来自乘坐斯塔滕岛渡轮；行程 20 分钟的渡轮，每天摆渡往来于曼哈顿下城的乘客，可一览无余地观看纽约港和自由女神像。

纽约的历史，在早期的前殖民时期，阿尔冈昆部落居住在纽约现今的地方。其中的勒纳佩人居住在斯塔滕岛、长岛西部（现今的布鲁克林区和皇后区）、曼哈顿及下哈德逊河河谷（包括布朗克斯区）。从公元 1492 年哥伦布发现美洲大陆全 1664 年纽约的诞生，到 1776 年美利坚合众国宣布独立的几百年间；欧洲各国，包括意大利、荷兰、法国、英国等殖民者先后来此建立殖民贸易点，变成自由港，形成了纽约的今身：一座世界级城市，它直接影响着全球的经济、金融、政治、教育、娱乐、媒体与时尚界。

纽约是世界的政治经济中心，是联合国总部所在地，它与伦敦和香港一样，被称为世界三大金融中心之一。在纽约的金融区，以曼哈顿下城的华尔

进纽约港时在游轮上拍的照片

街为龙头，被称为世界金融中心。曼哈顿中城是世界上最多摩天大楼集中地。据财经日报统计，截至 2008 年底，纽约控制着全球 40% 的财政资金，是世界上最大的金融中心。纽约证券交易所是世界第二大证交所，拥有全球最大上市公司总市值，全球市值为 15 万亿美元，有 2800 家公司在此上市。根据美国联邦政府报告，截止到 2013 年底，纽约市所有财产总值为 879 万亿美元；在世界 500 强企业中，有 73 家企业位于纽约。2013 年纽约 GDP 超越东京，位居世界第一；人均 GDP13.88 万美元，居世界城市第一。纽约的服装、印刷、化妆品等行业居美国首位；机器制造、军火生产、石油加工和食品生产也占有重要的地位。据时报广场联盟公布的一项报告显示，位于纽约市中心著名的时报广场，2011年创造的经济价值已高达1100亿美元；虽然这里占地面积只有市区的0.1%，但时报广场街区却汇集了纽约市11%的经济活动，为10%的市民在这里工作提供了机会。

纽约是美国文化、艺术、音乐和出版中心。这里有众多的博物馆、美术馆、图书馆、科学研究机构、艺术中心以及一些有影响的报刊、通讯社和美国三大广播电视网的总部都设在这里。纽约它是众多世界级画廊和演艺比赛场地的所在地，使其成为西半球文化及娱乐中心之一。由于纽约地铁24小时运营人流从不间断，纽约成了"不夜城"；世界一流水平的芭蕾、音乐、歌剧、戏剧、电影等各种表演应有尽有，使纽约成为世界上无与伦比的娱乐城。

纽约拥有世界级艺术

纽约街景

美国 9·11 事件，世贸双
子塔被飞机撞击后的遗处，
称为归零地。纪念地有两个
巨大水池和 30 米高的瀑布
组成，寓意平和与安详，以
缅怀 2001 年 9 月 11 日事
件中 2982 位受害者

和历史展品的博物馆，令人目不暇接；在这一点上，没有一座城市能与之相
媲美。在第五大道有富丽堂皇、世界上最具盛名的大都会艺术博物馆。它成
立于 1870 年，是世界上参观人数最多的博物馆，拥有 200 万件艺术珍品，涵
盖了 19 世纪和 20 世纪的欧洲绘画及从埃及运来的丰富的历史藏品。此外还
有所罗门 R 古根海姆博物馆、惠特尼美国艺术博物馆、新画廊和犹太博物馆。
在中央公园西侧，可参观美国自然历史博物馆和纽约历史社会博物馆。在市
中心可参观现代艺术博物馆，这是世界上最精美的现代艺术收藏。在位于特
赖恩帕克堡的城市绿洲内，修道院艺术博物馆属于中世纪艺术收藏。在艾里
斯岛移民博物馆的保护建筑内可了解移民的故事。

纽约市区景色赏心悦目，新潮、个性化，乃至顶级零售商店在百老汇和
第六大道之间应有尽有。

在市中心沿着第五大道，从洛克菲勒中心到 57 街区，纽约百货商店与华丽的国际设计师时装店的大型旗舰店融合在一起，形成了高端的消费区域。在 57 街和 79 街之间的麦迪逊大道的代名词是高度发达和奢侈华贵，这里有大量经典的意大利、法国和美国时装店。在布鲁克林和第七大道上到处可见旧货店、时装店、摇滚乐成衣店和酒店；它们离曼哈顿只有几个地铁站距离。

纽约是全美人口最多的城市，也是多族裔聚居的城市，拥有来自 97 个国家和地区的移民。曼哈顿的唐人街是美国最大的华人社区，也是西半球最大的华人聚集区，是纽约最古老商贩云集的街道之一。晚上街道两旁尽是餐馆和咖啡屋，繁忙的店家尽量诱使人们来品赏他们的佳肴。纽约的饮食文化受到许多外来移民的影响，非常多元化。

纽约金融中心华尔街，铜牛是世界的金融中心的象征

纽约金融中心华尔街，铜牛是世界的金融中心的象征

市内约有 4000 个领有执照的小吃摊贩，由外来移民经营。在街上可看到中东食物，如炸豆丸子、羊肉串；但是热狗和椒盐卷饼仍是主流摊贩小吃。此外纽约也是高级餐厅的聚集地；纽约市有超过 18000 家餐馆，可以尝遍异国饮食有意大利、法国、西班牙、俄罗斯、希腊、摩洛哥、巴西、阿富汗、埃塞俄比亚、牙买加、夏威夷及中国、日本等料理。

纽约市的主要景点有：自由女神像，它正式名称是"自由照耀世界之神"，是美国国家纪念碑；1886 年 10 月 28 日由美国克里夫兰总统主持揭幕，此后进入纽约港的船只，都必须从女神像 42 米高的右臂下进入。

归零地，是 9·11 事件中倒塌的世贸中心遗址，如今已成为游客参观之地。世贸双子塔曾经是傲视全球的地方，如今只剩下一片空地，在铁栏后面挂着"我们永远不会忘记"的大布条；纪念馆由两个巨大的水池和 30 米的瀑布组成，寓意平和安详；以缅怀 2001 年 9 月 11 日袭击事件中 2982 位受害者，他们的名字刻在围绕瀑布的青铜护栏上。

百老汇，是印第安人所辟的一条羊肠小道，如今成为一条宽 22 米到 25 米，长 50 里，高楼林立的繁华大街；它纵贯曼哈顿区，起自曼哈顿南端的炮台公园，与华尔街相接；路东是纽约少有的古建筑市政厅，被誉为伟大的白光大道。

华尔街，坐落在曼哈顿南区，仅长540米，美国10大银行中的6家总行设在这里，被视为美国金融帝国的象征；"华尔街铜牛"雕像，如今已成为华尔街非官方的标志。

中央公园，在市区被众多高楼环抱；南北长4公里，东西宽800米，占地843英亩，有树林、湖泊、草坪，还有农场和牧场。联合国总部，坐落在纽约的东河之滨，占了6个街段；由39层联合国秘书处大楼、联合国大会及安全、经社和托管理事会会议楼、图书馆组成；总部正面广场上飘扬着联合国国旗，有来自各国5000多名工作人员在这里工作。大都会艺术博物馆，位于5号大道82号大街上，占有4个街区；展品超过三百万件，是个巨大的艺术宝库，有古代至当代艺术作品，其中有成百上千件世界文明杰作。登上帝国大厦，可俯瞰曼哈顿四分之一的区域，每年吸引

纽约华尔街

晚上在纽约时报广场上拍到有地域特色的街景，难能可贵

成千上万的游客前来一览美景；在晴朗天气里能看到整个纽约州、新泽西州、康涅狄格州、马萨诸塞州及宾夕法尼亚州；眺望洛克菲勒中心、克莱斯勒大厦、大都会人寿大楼和环球金融中心。纽约中央火车站，享有"世界最美丽车站"的美誉，也是最负盛名的景点之一；穴状的中央大厅里悬挂着用珍贵猫眼石制造的四面钟，是整个火车站的镇站之宝。

纽约时报广场，得名于"纽约时报"早期在此设立的总部大楼，原名"朗埃克广场"又称为世界的十字路口；中国人常误译为"纽约时代广场"。

纽约交通有三大航空机场：肯尼迪国际机场（JFK）、拉瓜迪亚机场（CGA）、纽瓦克自由国际机场（EWR）。一般从中国飞往纽约的国际航班都会在肯尼迪机场降落，少部分在纽瓦克机场降落；拉瓜迪亚机场更多是接待国内航线。纽约港是北美洲最繁忙的港口，亦是世界上天然深水港之一；1980 年吞吐量达 1.6 亿吨，每年平均有 4000 多艘船进出；由于纽约港位居美国大西洋东北岸，邻近全球最繁忙的大西洋航线，再加上港口条件优越，又以伊利运河连接五大湖区，因此奠定了其成为全球重要航运交通枢纽及欧美交通中心的地位。

纽约最高洛克菲勒大厦屋顶观景台

美国——迈阿密

迈阿密 (Miami) 位于美国佛罗里达州东南角比斯坎湾，佛罗里达大沼泽地和大西洋之间，是该洲的第二大城市，也是南佛罗里达州都市圈中最大的城市。这个都市区由迈阿密 – 戴德县、布劳沃德县和棕榈滩县组成。南佛罗里达州都市区是仅次于东京的世界第二大都市区，人口超过 559 万，是美国人口最为稠密的城市之一。

迈阿密是国际性大都市。英语、西班牙语和海地克里奥尔语为官方语言。它在金融、商业、媒体、娱乐、艺术和国际贸易等方面拥有重要的地位；也是许多公司、银行和电视台的总部所在地。2008 年在空气质量、植被覆盖、清洁饮用水、干净街道和垃圾回收计划等被《福布斯》评为"美国最干净的城市"。2009 年，迈阿密还被瑞士联合银行评为美国最富裕城市和全球第五富裕城市。迈阿密市和南佛罗里达州的其他城市一样，拥有温暖、湿润的亚热带气候。1 月平均气温 19.5 摄氏度，7 月 28.3 摄氏度，没有明显的四季之分；一年被分成湿季和干季，干季是在冬天，湿季通常是夏季飓风季节，年平均降水量 1290 毫米。由于这里气候温暖，这里是美国退休人士最爱居住的城市之一。据统计，迈阿密是世界上最能侥幸躲过飓风袭击的城市，自 1950 年飓风来过后，这里就没有再受到过直接袭击。

南美洲人大约在 10000 年前迁移到迈阿密。著名的早期居民是德贵斯塔人，他们控制的帝国几乎覆盖了佛罗里达东南部的大部分地区，包括迈阿密载德县、布劳沃德县以及棕榈滩县南部。1567 年西班牙移民在迈阿密河口建立了一个传道区，1743 年又建立了一个堡垒。许多西班牙殖民者与其他地方的居民一起，在迈阿密河和比斯坎湾沿岸建立了住宅。1830 年，理查德·菲茨帕特里克，从巴哈马人手里购买了迈阿密河沿岸的土地，成功地经营了一个种植园；栽种着甘蔗、香蕉、玉米和热带水果。塞米诺尔战争是美国历史上破坏性最大的印第安战争，三次战争几乎使整个迈阿密地区的人口损失殆尽。第三次战争结束后，少数士兵留了下来，直到 1890 年末期有一些家庭在这里定居。1891 年，一个来自俄亥俄州名为朱莉娅·塔特尔的女人，收购了该地区大量的柑橘，并说服了铁路巨头亨利·弗拉格勒，将他的铁路从佛路里达东岸向南延伸至迈阿密。1896 年 7 月 28 日迈阿密建市；拥有 344 名市民，其中白人 23 名，黑人 181 名，至 1920 年有 29549 人。二次世界大战前，迈阿密经历了惊人的发展。由于当局允许赌博和禁酒管制松懈，使成千上万美国北方移民来到了迈阿密，使没有人烟的地区从此高楼林立。二次世界大战期间，美国在其周边建造了许多基地及设施，战争结束后许多军人留在迈阿密；到 1950 年，它的人口达到了 50 万。

迈阿密被认为是文化的大熔炉，它受庞大的拉丁美洲和加勒比海岛国居民的影响很大；因此被称为"美洲的首都"，常用英语和西班牙语。1959 年古巴菲德尔·卡斯特罗执政，大量流亡者前往佛罗里达。1965 年一年就有十万古巴人通过自由航班从哈瓦那来到迈阿密。流亡者大多数居住在沿河岸地区，这里逐渐形成了一个以西班牙语为主导的，"小哈瓦那"社区。在 20 世纪 80年代，迈阿密又经历了一次从海地来的移民潮，随着海地人口的不断增长，一个"小海地"的社区产生了。目前在迈阿密地区有大量合法和非法的西班牙和加勒比海的移民，有芬兰、法国、南非、以色列、俄罗斯、土耳其等移民社区。迈阿密在 20 世纪 80 年代受拉丁美洲贩毒集团的影响，成为美国最大的可卡因转运港，这些毒品来自哥伦比亚、玻利维亚和秘鲁。毒品产业给迈阿密带来了美元，大量金钱的涌入使当地经济出现繁荣景象；豪车、豪宅、

在广阔的迈阿密海滩边留影

高级酒店、繁华夜总会出现在城北。同时整个 20 世纪 90 年代后期充斥着暴力犯罪，直至新世纪到来才有所减弱。迈阿密有全美排名第 48 位的迈阿密大学、美国东南部最大的私立诺瓦东南大学、贝瑞大学、强生和威尔士大学、迈阿密艺术与设计国际大学。

旅游业是迈阿密的一项重要产业。大迈阿密地区的海滩吸引了来自全国与全世界的游客，来到迈阿密都会区迈阿密海滩一游。迈阿密海滩，位于迈阿密市东方向约六公里处，它是佛罗里达群岛中最大的一个岛上面的海滩。我们站在宽阔的沙滩上，沿着海岸向远处眺望，笔直的海岸线延绵 8 公里，一望无际的海滩边，令人心旷神怡。涨潮落潮时海水拍打着海滩上的沙石，闪闪发亮；沿着海岸边，踏在海滩的浅水中，迎着水的阻力慢慢前行，童时踏着水玩的趣味油然而生，其乐无穷。

南海滩地区的艺术装饰夜总会，被认为是世界上最迷人的地方之一。由于南海滩夜总会非常接近拉丁美洲，所以许多跨国公司在拉丁美洲地区的总部都设在迈阿密；如美洲航空公司、思科、迪斯昆、埃克森美孚、联邦快递、微软、甲骨文、美国电报电话公司和索尼等。另有许多大公司的总部设在迈阿密及其周边地区，包括：汉堡王、思杰系统、挪威邮轮公司和瑞德系统。此外，迈阿密地区良好的自然环境也成为美国最大的国际性银行的聚集地，也是 2003 年美洲自由贸易区谈判的举办地。迈阿密国际机场和迈阿密港也成为美国最繁忙的通行口岸，它承接着来自南美洲和加勒比海地区的货物。

墨西哥湾有一股温暖的洋流，它距迈阿密海岸约 15 英里，使得城市的气候终年暖和。良好的气候条件，使迈阿密被称为是"上帝召唤的等待室"，那里充满了退休公寓和游泳池，至今仍是美国退休人士最爱居住的城市之一。现在的迈阿密则是老年时装设计师、比基尼泳装模特儿和古巴移民的天堂。这个曾经拥有美国最高谋杀率的城市，现今每年吸引超过一千一百多万人次到此旅游。在必士京岛上，最著名的旅游胜地是"迈阿密海洋馆"。这个建于 1955 年的海洋主题公园，占地 35 英亩，全年开放。公园里有鲨鱼馆、海牛馆、热带水族馆及海狮表演；主角是五吨重的杀人鲸及海豚。60 年代，美国电视

美国美丽的迈阿密街上风景

剧《Dipper》外景全在此拍摄，剧中那善解人意的海豚，至今仍未为人忘怀。在海洋馆向必士京岛进发的尽头就是标伯斯佛州海角公园；这个占地400英亩的州立公园，在九二年飓风安德鲁吹袭南佛州时被彻底破坏，园内60万棵松树悉数被毁。公园南端有一座有158年历史、85尺高的砖造灯塔与旁边的小屋，是佛罗里达州的古迹之一。此灯塔见证了当时印第安人与白人发生冲突，白人不敌而撤退，留下一名管理员与灯塔共存亡的历史。

在迈阿密游轮码头附近，有豪华大巴的旅游环线。乘上旅游大巴，可先探访迈阿密市中心布瑞肯大道金融区高耸的摩天楼。随后来到卡拉奥乔小哈瓦那的核心地带，来寻找迈阿密的古巴传统。然后来到著名的椰林地区，这里有众多的路边咖啡馆，是多彩的街头文化荟萃和众多节日活动之地。

在尽情领略南海滩的浮华魅惑和装饰艺术区的异样风情之后，将来到海湾市场，在这里享用美馔和购物。在午餐后可登上游船游览风景秀丽的比斯坎湾，一路欣赏富豪名流的宅邸。首先经过迈阿密港，在这里有"世界游轮之都"的美称。然后驶向费希尔岛，近距离观望奥普拉·温弗里、鲍里斯·见克尔、梅尔·布鲁克斯、安·班克洛弗特、保罗·纽曼和前佛路里达州长杰布·布什等，富豪名流价值不菲的豪宅。其他景点包括伊丽莎白·泰勒和艾迪·费希尔的蜜月小屋，这所房子曾被用来拍摄西尔维斯特·史泰龙主演的电影《炮弹专家》。

第20站
牙买加奥乔里奥斯
JAMAICA OCHO RIOS

牙买加——奥乔里奥斯

　　牙买加，印第安语意为"林水之乡"；是加勒比海西北部西印度群岛中的一个岛国，领土面积 11420 平方公里，仅次于古巴与海地而居第三位。它东隔牙买加海峡、与海地相望，北距古巴约 140 公里，东西长 234 公里，南北宽 82 公里，海岸线长 1220 公里。它为热带雨林气候，每年 5 ～ 6 月、9 ～ 11 月为雨季，其中 1 月和 5 月阵雨最多；12 月至次年 3 月为干旱季，天气转冷；6 ～ 11 月底的半年时间为飓风和热带风暴多发期，常受飓风侵袭；中北部雨量丰富，气候一般在 22 ～ 32 度间，年平均温度为 27 度。牙买加 2013 年统计人口总数为 272 万，其中男性 135 万，女性 137 万。其中黑人和黑白混血人占 90% 以上，且约有 60% 的人年龄在 29 岁以下，有年轻化的倾向。此外其余人为印度人、白人和华人；华人有 2 ～ 3 万人主要集中在首都金斯敦。多数居民信奉基督教，少数人信奉印度教和犹太教；官方语言为英语。

　　奥乔里奥斯是牙买加北部港口。它位于加勒比海、圣安斯贝以东约 11 公里，7000 人口。它是牙买加最重要的铝土输出港之一，也是著名的游览胜地。整个港湾被椰子林、甘蔗林和水果种植园环绕，热带风光媚丽、海水温和，海滨浴场全年开放。

　　奥乔里奥斯城西的邓恩河瀑布，是一个著名的观光景点；它落差 180 米，形如多层蛋糕，把整个瀑布分成一段一段，水流从阶梯状的巨大岩石上奔腾

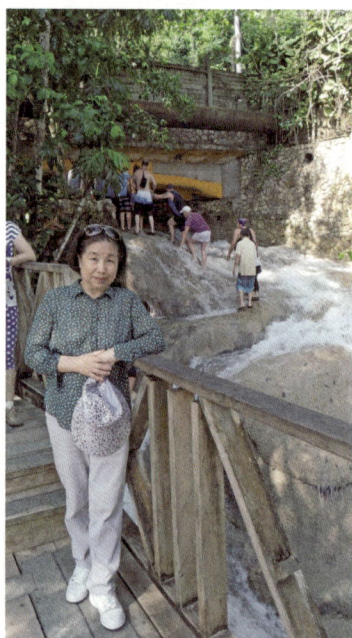

牙买加奥乔里奥斯邓恩河瀑布，风景十分优美，人可以从上
游下水一直随瀑布而下，身上全湿透，很有趣，兴致勃勃

而下，直泻入加勒比海，蔚为壮观。奥乔里奥斯有班机、铁路与国内其他城
市相连。

　　牙买加的首都金斯顿，是牙买加政治、工业和交通中心，也是世界第七

大天然深水良港。它位于东南岸海湾内的岛上、最高山峰兰山的西南脚下，附近有肥沃的瓜内亚平原。金斯顿面积 500 平方公里，气温在 23 ～ 29 摄氏度之间，四季如春。城市三面是苍绿的丘陵和山峰，另一面是远海碧波、风景如画，有"加勒比城市皇后"之美誉；因此金斯敦还是个旅游、度假、疗养的胜地。

牙买加岛国原本是印第安人居住地，在公元 5 世纪已有印第安人阿拉瓦克族居住；1494 年哥伦布来到了牙买加；1509 年西班牙宣称牙买加为其殖民地，改名为圣地亚哥。

西班牙对当地土著居民实行奴隶政策，导致岛上的阿拉瓦克人因战争、疾病和奴役而灭绝。为补充劳动力，西班牙自 1517 年开始从非洲向牙买加贩奴，导致黑人逐渐成为牙买加的主体民族。1538 年西班牙人建立了西班牙城，作为牙买加首府。1655 年，一支由威廉·宾和罗伯特·维纳布尔斯联合率领的英国舰队占领了牙买加。1657 年和 1658 年，西班牙人从古巴出发进行反扑，均以失败告终。1670 年按照马德利条约，西班牙将牙买加等地割让给英国，英国人将牙买加这个岛作为其海盗行为的基地，一度成为加勒比海盗的"首都"。此后英国人修建了金斯敦城，逐渐将其建设成牙买加的中心城市。在 1692 年之后的 150 年中，牙买加成了世界上著名的蔗糖、朗姆酒和咖啡产地。1865 年后，牙买加蔗糖业逐渐衰落，取而代之的是香蕉种植业。1872 年金斯敦正式成为牙买加首府。1962 年 8 月 6 日牙买加宣告独立，宣布加盟英联邦。牙买加是君主立宪代议制国家，国家元首是英国女王，总督由英国女王任命。全国划分 3 个郡，郡下面划分为 14 个区，其中金斯敦和圣安德鲁区组成一个联合区。

牙买加有其独特的习俗。男方结婚前必须买一栋或建一栋房，举行隆重的婚礼，并且要养活不需出去工作的妻子，但这往往只在上流社会通行。牙买加的村庄一般都有一个中心广场，是整个村子的中心；广场四周有村政府、医院、商店、长途汽车站等；村里的房子多用水泥和砖瓦建成。城市建筑和规划是欧式的，有许多高层建筑、漂亮的饭店、游泳场等。居民平时常穿的衣服有衬衫、短裤，妇女穿裙子；庄重场合都穿西服。居民喜欢跳迪斯科，喜欢听莱加乐曲，喜欢群体对舞。居民的主食是大米、玉米、面包、牛肉、牛奶、蔬菜等。年轻人喜欢喝可口可乐、而老年人喜欢喝茶和咖啡。牙买加礼节与英联邦和拉美国家比较接近；常用称呼为先生、女士、太太、夫人；习惯在前面加官衔或职称。赴宴时，被邀人应带礼物。与英国一样，见面时不可问女士年龄，一般不用"13"这个数字。

　　旅游业、矿业、农业和新兴的信息技术服务业，是牙买加国民经济的支柱。2013 年，牙买加国内生产总值为 152.6 亿美元，人均生产总值为 5526 美元。其中以旅游业为核心的服务业，收入占 GDP 总值的 60% 以上。牙买加全国共有 12 个正在使用的港口，其中最主要的港口是金斯敦。航空运输，有首都金斯敦的诺曼·曼利与蒙特贝尔的唐纳德·萨格斯特二个国际机场。2006 年入境游客超过 300 万，外国游客大部分来自美国和加拿大。其中过夜游客达 168 万，游轮客人达 134 万，旅游行业产值占 GDP 比重为 16.7%；牙买加是世界上第四大铝矾土生产国，其产值占 GDP 的 10%。此外农林渔业产值比重 2006 年占 GDP 的 13.9%，其中包括食品加工、饮料、卷烟、金属制品、电子设备、

牙买加街景

建筑材料、化学制品和纺织工业；主要农产品包括甘蔗、香蕉、可可、椰子、咖啡和柑橘。

牙买加全国有 17 所高等学校。加勒比地区西印度大学总部设在牙买加；莫纳分校是加勒比地区著名综合性高等学府，设有人文与教育学、伦理与应用学、社会学、医学和研究院等 5 个学院、30 多个学科；在校大学生人数超过 4 万。

牙买加是一个体育强国，在田径方面非常出色。2008 年北京奥运会牙买加夺取六金三银二铜，11 枚奖牌。博尔特分别以 9.69 秒及 19.30 秒冲破 100 米及 200 米跑世界纪录，冲击了自己 9.72 秒的 100 米世界纪录及美国麦可·强森 200 米的 19.32 秒世界纪录；是第一位同时赢得 100 米、200 米奥运冠军的人。牙买加在 2012 年伦敦奥运会上以 4 金、4 银、4 铜的成绩赢得了奥运会第十八名。至此在历届奥运会上，牙买加总计取得了 10 金、18 银、15 铜的成绩。而著名短跑健将博尔特（1986 年 8 月 21 日出生）取得了其中的 17 枚，包括 6 枚金牌和打破了 7 项世界纪录，保持了奥运赛场"不败金身"的美誉和光荣称号。

在牙买加有许多著名的旅游景点。牙买加雪橇、Sky Explorer 缆车以及举世闻名的邓思河瀑布，是最著名的旅行景点。你登上 600 米高的蔚为壮观的邓恩河瀑布后，可乘大巴去热带雨林乘坐 Sky Explorer 缆车。穿过热带雨林的树冠升到 700 米的高空，经过这一有趣的体验后到达峰顶。在这里参观并探索关于牙买加及其居民历史的文化展，观看迷人的蜂鸟和蝴蝶花园。在这里听完工作人员介绍后准备好开始刺激且绝无仅有的牙买雪橇冒险之旅。游客登上特制的雪橇，并抓紧扶牢，接着将俯冲下 2780 米回环曲折的雪道。到达控制站后，将乘坐有轨电车回到顶端，并尽情欣赏 360 度无瑕疵的美景，在此可在餐厅或在泳池边享用美味小食。在此游览尽兴后，可再坐上 Sky Explorer 回到地面。

此外，在奥乔里奥斯可坐上双人皮划艇在海岸边巡游，欣赏美丽清澈的海水和海岸风光，观赏飞流瀑布及岸边高档的宾馆和别墅区。在这里乘坐吉普车驶向最高的景观点"墨菲岭"；穿越小村庄，观赏老教堂，参观种植园，可以俯瞰奥乔里奥斯的全景。另外，你可在导游的陪同下，坐在大内胎上开始 3 英里的漂流；穿越温和或急喘的河流，大约一个小时后来到竹海滩俱乐部。这里有光滑的白沙滩和清澈碧蓝的海水，在海湾处营造了一个令人难忘的热带天堂的美景。当舞者、雷鬼鼓手和充满异域风情的歌手在海滩上开始他们充满朝气和活力的表演时，您将瞬间感受到最真实的牙买加。

在海滩上畅游，感受足下的细沙，喝着沁人心脾的冰啤酒、牙买加鸡尾酒、朗姆酒和柠檬水，听 DJ 播放混合本地的雷鬼音乐；享受一整套典型的美味菜肴，欣赏加勒比海无比美景，使您充分感受这竹海滩俱乐部的美妙之处。

位于牙买加岛西端的尼哥瑞尔，可以观赏到加勒比海壮观的落日；风格独特的用耶子叶作屋顶的旅馆和小屋，供观光客或情侣在此小住。蒙坦戈贝，被昵称为"梦湾"，有 12 万人口，是牙买加第二大城市。这里加勒比海美丽的白沙滩一望无际，是欧美观光客来此休闲、享受水上运动及打高尔夫球的度假的胜地。哥伦布最初登陆的地点称作"发现湾"，这里竖有哥伦布像，陈列着大炮等遗迹；在此可眺望大海的小山丘，这里已辟为"哥伦布公园"。在 5 公里远处，是当年被英国人打败的西里区人仓皇逃走之地，称为"逃命湾"。皇家港，是 1655 年牙买加为英国占领，成为英皇御准的海盗大本营而盛极一时。当时著名的海盗绰号称"老魔鬼"的亨利摩根等人，自此港出发，袭击来往加勒比海的各国船只，掠夺金银财宝，在此尽情享乐。1692 年地震海啸，使港口毁于一旦。

巴拿马——巴拿马运河（PANAMA CANAI）

巴拿马运河位于中美洲的巴拿马。它连接太平洋和大西洋，横穿巴拿马地峡，大至呈西北—东南走向。该运河总长82公里，水深13～15米，宽的地方达304米，最窄的地方152米。运河建成后，可使行驶于美国东西海岸之间的游轮，原先不得不绕道南美洲合恩角的航程可以缩短约15000公里（8000海里）；使航行于欧洲与东亚或澳大利亚之间的船只的航程也可以减少3700公里（2000海里）。整个运河水位高出两大洋26米，设有6座船闸；船舶通过运河时间一般需要9个小时，可以通航7.6万吨级的轮船。

1903年11月18日美国与巴拿马共和国签订了《美国与巴拿马共和国关于修建一条连接大西洋和太平洋的通航运河的专约》，简称"美马条约"。条约规定，美国保证巴拿马的独立，巴拿马把宽10英里、面积1432平方公里的运河区交给美国永久占领、控制，巴拿马湾中的一些岛屿也交给美国使用。美国一次性付给巴拿马1000万美元，自1913年起，每年支付25万美元。条约第三条甚至明确规定巴拿马共和国不得在运河区执行国家主权。第五条规定美国拥有对巴拿马运河和铁路公司的全部财产的永久垄断权。第八条规定法国运河公司和铁路公司的全部财产和权利均须转让给美国。第二十四条规定，今后巴拿马共和国的政治形势无论发生什么变动，都将不得影响本条约规定给美国的权力。美国人的介入使巴拿马运河工程全面恢复，预算得到了

巴拿马运河

控制，工期大大提前。1920 年 6 月 12 日，巴拿马运河正式通航。在几十年的运河开凿历史上，共有近 3 万人因病致死，其中包括了许多中国工人。

巴拿马运河由美国建成，自 1914 年通航至 1979 年间一直由美国独自掌控。从传统的观点看，美国人是通过不平等的条约控制了巴拿马，并掠夺了本应属于巴拿马人民的财产，并使巴拿马被排除在运河的管理机构之外。据巴拿马运河管理委员会的统计，从 1914 年运河通航后的 86 年中，共有 82.5 万艘各种船只通过巴拿马运河，通过运河的货运量约占世界贸易货运量的 4.3%。自 1920 年运河向国际开放至 20 世纪 80 年代末的 60 年中，美国从运河过往船只中收取费用高达450亿美元，而巴仅分得11亿美元。在巴拿马人看来，运河是一个聚宝盆，然后事实并非如此。由于采用水闸提升式而非海平式开凿，运河通行能力有限。并且从1972年开始，经营已出现亏损，技术老化日益明显，它已不再是财富的象征，已是缩水的资产，收入已不到美国GDP的1%。

巴拿马人民为收回运河主权，曾进行了半个多世纪的艰苦斗争。

随着世界经贸交流的扩大，海上运输的日益繁忙，造船技术的发展，巴拿马运河已难以满足当今海运的要求。每年都有成百上千艘各国船只因吨位大而不能从运河通过，因此开凿一条连接大西洋、太平洋的新运河的设想应运

巴拿马运河

而生。巴拿马运河承担着全世界 5% 的贸易货运量，美国与亚洲之间贸易货运量的 23% 都需要通过这条运河。但由于原设计已老旧，仅可以通航 7.6 万吨级的货轮；因此运河已经远远不能满足现代海运贸易的需要。在海洋运输贸易需求日益增大的要求下，巴拿马周边国家纷纷开始寻求修建巴拿马运河的替代工程。1982 年，美国、日本和巴拿马三国协商，成立了一个"开凿大西洋—太平洋国际海洋运河可行性调查委员会"，着手进行开凿新运河的计划工作。

1985 年 9 月 10 日，三国政府又在巴拿马城成立了"开凿运河的三边委员会"，致力于联合开凿第二条运河的筹备工作。委员会经过两年多时间的调查，从十条运河路线中筛选出 4 条，并从中优选出一条最佳路线：即位于现巴拿马运河以西 15 公里至 20 公里，从太平洋一侧的凯米托港到大西洋一侧的拉加尔港。新运河全长 100 公里，开挖深度拟为现运河的 2.5 倍，落潮时水深 30 米，涨潮时水深 40 米，可通航 30 万吨巨轮。这项举世罕见的宏大工程，需挖土方 10 亿立方米，总耗资高达 200 亿美元，至少需耗时 14 年时间。整个工程除美国、日本、巴拿马外，英国、德国、澳大利亚、加拿大、和法国也报名参加这一工程。其中，日、美两国将负责工程费用的 70%，余下的由其他国家分担。如果一切顺利，到 21 世纪初，一条新巴拿马运河将横亘于中美洲地峡之间，把太平洋与大西洋更紧密地联系在一起，将为人类的发展做出更大的贡献。

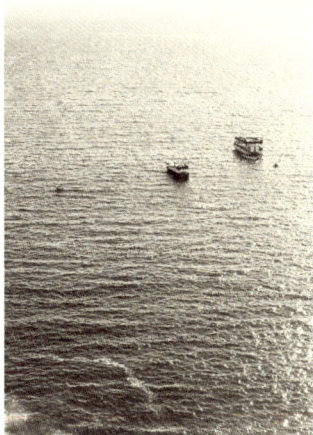

第22站
墨西哥曼萨尼约

墨西哥——曼萨尼约

墨西哥位于北美洲南部，拉丁美洲西北端，面积 197 万平方公里，人口 1.184 亿，首都为墨西哥城。它北部与美国接壤，东南部与危地马拉伯利兹相邻，西部是太平洋和加利福尼亚湾，东部是墨西哥湾与加勒比海。它是南北美洲陆路交通的必经之地，素称"陆上桥梁"。墨西哥是拉丁美洲第三大国，仅次于巴西与阿根廷，位居世界第十四位。墨西哥人口，位居全球第十一位，在拉丁美洲仅次于巴西位居第二位。墨西哥是一个民族大熔炉，其中印欧混血人和印第安人占人口的 90%，其中 88% 人信奉天主教。墨西哥官方语言为西班牙语，第一外语为英语；此外还有 360 种美洲印第安语言。全国划分为 31 个州和 1 个联邦区（首都墨西哥城）；州下设镇和村；联邦区下设区。各州有自己的宪法和议会，州内实行自治，州长由居民直接选举产生，任期六年不得连任。1997 年起，联邦区行政长官也由市民直接选举产生。

墨西哥境内多为高原地形；冬无严寒，夏无酷暑，四季万木常青，有"高原明珠"的美称。气候大部分比较温和，沿海和东南部平原属热带气候，平均气温为 10 ~ 26 摄氏度，为西北内陆大陆性气候。大部分地区全年分旱、雨两季，10 月至次年 4 月为旱季，2 月为旱月，降水量仅 5 毫米。5 至 9 月为雨季，雨季集中了全年 75% 降水量，最多月份为 7 月份，降水量约为 170 毫米。

墨西哥是美洲大陆印第安人古老文明中心之一。闻名于世的玛雅文化、托尔特克文化和阿兹特克文化均为墨西哥古印第安人创造。公元前兴建于墨西哥城北的太阳金字塔和月亮金字塔是这一灿烂古老文化的代表。太阳金字塔和月亮金字塔所在的特奥蒂瓦坎古城被联合国教科文组织宣布为人类共同的遗产。墨西哥古印第安人培育出了玉米、甘薯、辣椒等许多农作物，故墨西哥有"玉米的故乡"之称。

玛雅人在数学、天文、历法、医学、建筑、绘画、雕刻等方面都有高超的建树。墨西哥在不同的历史时期曾赢得了"仙人掌的国度"、"白银王国"、"浮在油海上的国家"等美称。在1519年西班牙入侵墨西哥；1810年墨西哥进行了独立战争；1821年解放军进入墨西哥市，成立了第一共和国；首任总统为瓜达卢佩维多利亚。

墨西哥是印第安人古文化的中心之一。奇琴伊察玛雅城遗址，曾是玛雅帝国最大最繁华的城邦。遗址位于尤卡坦半岛中部，始建于公元514年。主要古迹有千柱广场、武士庙、库库尔坎金字塔、圣井及古天文观象台也称为蜗台。月亮金字塔位于太阳金字塔旁，是祭祀月亮神的地方，属于阿兹台克文明的产物。建筑风格和太阳金字塔一样，比太阳金字塔晚200年建成。它坐北朝南，长150米，宽120米，塔高46米，分5层，外部叠砌的石块上绘有许多色彩斑斓的壁画，塔前的宽阔广场可容纳上万人。

杜伦古城是玛雅文化后期重要遗址；坐落于犹卡坦半岛东北，盘踞于加勒比海沿岸，曾是14世纪玛雅文化末期的宗教城市。当中有超过60栋石建筑，其中以屹立于12公尺悬崖上的Castillo古城大神殿最著名。此外，Templo de las Flesco神殿也很完整。莫雷利亚在殖民时期是著名的文化和艺术中心；该城市的街道、广场、宫殿、教堂、拱桥及高架水道等，至今保留殖民时期建筑的原貌，被列入联合国教科文组织的世界遗产名录。莫雷利亚大教堂是这座城市最高大、最醒目的建筑，于1660年至1774建成，工期长达84年，是巴洛克风格与丘里格拉风格的完美结合。

奇琴伊察古城遗址位于坎昆以西约200公里处，建于公元435年，后随玛雅帝国的衰亡而被遗弃。公元11至13世纪古城又一度兴旺，城市发展达

墨西哥港口城市曼萨尼约

到了顶峰。古城以天象确立方位，布局严密、结构合理，主要建筑多围绕方形天然水井或位于通向水源道路的两侧。古城南北长 3 公里，东西宽 2 公里。遗址中最主要有玛雅文化中期和后期数百座建筑，有城堡金字塔、虎庙、厅殿、球场、石柱、圣井、尼庵等；以雄伟壮观的风格以及内外精美雕刻装铺的建筑而引人注目，1988 年作为文化遗产列入世界遗产名录。

宪法广场中央树有巨大的墨西哥国旗，广场周围有国家宫、最高法院和大教堂等重要建筑。众多身着印第安民族服饰的摊贩和装扮绚丽多彩的印第安民俗艺人，是广场上的独特风景。坎昆 (Cancun) 是墨西哥著名国际旅游城市；位于加勒比海北部，墨西哥尤卡坦半岛东北端，是加勒比海中靠大陆的一座狭长小岛。长 21 公里、宽仅 400 米，呈蛇形，西北和西南端有大桥与尤卡士旦半岛相连，隔尤卡坦海峡与古巴岛遥遥相对。该城市三面环海、风光旖旎，被公认是世界十大海滩之一；在洁白的海岸上享受加勒比的阳光是人们休闲的最高境界。洛斯卡沃斯位于加利福尼亚半岛最南端，由圣何塞和圣卢卡斯两个海角组成。两地由 33 公里海岸线连接，是豪华宾馆和顶级高尔夫球场所在地。宜人气候和灿烂骄阳吸引游人来这天堂之地潜水、钓鱼、水上

游轮码头游客下船时乐队列队欢迎

运动，给各国游客带来无限欢乐。

曼萨尼约位于太平洋上，是墨西哥科利马州附近的自治区。它包含墨西哥最繁忙的港口，处理运往墨西哥城区的货物，它是科利马州商业和旅游业领域里最大的直辖市。这个城市被称为"旗鱼世界的首都"。自 1957 年以来，曼萨尼约已经举办过重要的全国性和国际性的钓鱼比赛，如多尔西比赛，使它成为非常有吸引力的捕鱼目的地和深海捕鱼圣地。曼萨尼约有来自海洋的暖流和有绿色闪光现象的日落美景，它已成为全国最重要的旅游度假胜地之一。城市里有许多酒店和自助的度假胜地，特别是建立在圣地亚哥半岛上的城市，市中心北部刚好对着太平洋。

在曼萨尼约湾北端的度假胜地拉斯维加斯哈达，是最有名的城市度假村，博德里克和达德利摩尔所主演的电影 10 在这里取景。此外，曼萨尼约包括两个月牙形的海滩，每个长 4 英里，巴伊亚曼萨尼约较接近市中心，是老旅游区；西部的巴伊亚圣地亚哥，是新的和更高档的区域。二者被圣地亚哥半岛分隔，在陡峭的斜坡上有一些美丽的酒店。船舶通道位于巴伊亚曼萨尼约的东南端，大型邮轮就在此地进入港口。如今，和平的海湾和先进的旅游港口设施，使这里已成为墨西哥西部主要的旅游度假和贸易中心之一。

第23站
美国洛杉矶
Los ANGELES USA

美国——洛杉矶

洛杉矶（Los Angeles），位于美国西海岸，加州西南部，是加利福尼亚最大的城方；也是仅次于纽约美国的第二大城市，又被称为"天使之城"。它的面积为 1214.9 平方公里，都会区拥有人口约 1350 万（2013 年）。大洛杉矶地区范围更大，包括 5 个县大约人口有 1800 万，是美国西部的最大都会，也是美国的最大的海港。洛杉矶 GDP 为 6931.16 亿美元（截至 2014 年 6 月）排名世界第三，仅次于纽约和东京。洛杉矶是世界的文化、科学、技术、国际贸易和高等教育中心之一，拥有世界知名的各种专业和文化领域的机构。因此它集科学、经济、文化于一身，具有非常重要的国际地位。

在洛杉矶沿海地区，Tongva 人、Chumash 人和早期印第安人已经在此居住了数千年之久。1542 年，第一批到达这里的欧洲人，由葡萄牙探险家 Juan Rodriguez Cabrillo |Joao Cabrilho 带领，宣布这个地区是西班牙帝国的天国，但并未长留。1781 年，洛杉矶成为西班牙殖民地。1818 年，随着墨西哥独立，许多外来移民到加州寻找私人土地，美国人首次到来。1821 年，洛杉矶归属墨西哥。1846 年，美墨战争中墨西哥失败，墨西哥将加利福尼亚割让给美国，洛杉矶成为美国领土。1848 年，西部"淘金热"吸引了大批移民来到了洛杉矶。1850 年，洛杉矶正式设市，同年加利福尼亚成为美国第 31 个洲，而当时洛杉矶人口只有 1600 人。19 世纪末 20 年代初随着交通的完善和石油的发现，

它开始在南加利福尼亚崭露头角；人、产业和其他生产要素开始向这里集中。20 世纪 20 年代电影业和航空业都聚集在洛杉矶，促进了城市的进一步发展，成为美国西部一个最大的城市。

大量的移民使洛杉矶成为一个多民族与多文化的国际性城市。少数民族占全市人口的一半左右，并形成了许多移民社区：如巴西街，充满了浓郁的巴西文化，每年 3 月份能看到巴西裔美国人在跳迷人的桑巴舞。洛杉矶也是华人主要的聚集地之一，约有 40 万华人居住于此，当地人别称"罗省"，就是早期广东华人移居的粤语译音。洛杉矶是世界上宗教团体种类最繁多的城市之一，各种基督教派就超过 100 个。由于西班牙、菲律宾和爱尔兰人数量众多，因此罗马天主教是洛杉矶最大的宗教团体。天主教洛杉矶总主教领导着这个美国最大的总教区；2002 年，在市中心北端建成了主教座堂。由于洛杉矶拥有大量不同族裔人口，这里也就有了众多宗教信仰组织包括伊斯兰教、佛教、印度教、锡克教、巴哈伊教、东正教、苏菲派等。洛杉矶拥有的佛教人数在美国城市中居第一位。

洛杉矶在第二次世界大战后，现代工业迅速崛起；商业、贸易、运输、物流、仓储、金融、旅游等行业也飞速发展；移民激增、城区不断扩展；洛杉矶逐渐成为美国的一个特大的城市。现今洛杉矶已是美国西海岸的贸易、运输、物流、仓储产业的中心，是美国与亚洲进出口贸易最大的海港所在地，可处理美国西海岸 70% 的总货柜量。是美国科技的主要中心之一，它享有"科技之城"的称号，已成为美国石油化工、海洋、航天工业和电子产业的最大基地。诺思罗普、罗克韦尔等以航空工业为主的大型公司都在此设立总部，使洛杉矶已成为美国境内仅次于纽约的国际金融中心。

洛杉矶是美国西部最大的工业中心，制造业产值约占加利福尼亚州的50%，居全国第三位。汽车业是洛杉矶重要的经济支柱；虽然洛杉矶没有汽车生产工业，但以洛杉矶为中心的南加州地区是全世界最大的汽车单一市场（单个大洛杉矶地区就有约 1000 万辆汽车），更是美国汽车潮流的发源地。除了日产、富士和重工外，所有来自日本及韩国的汽车公司皆在大洛杉矶地区设

在好莱坞影视中心大金刚和大提琴前合影留念

立其美国地区的营造总部。例如丰田、本田、马自达、三菱、铃木、五十铃、现代及起亚汽车等，还有其他不少欧美汽车公司均在大洛杉矶地区设有设计室，以便了解美国汽车潮流的趋势；使洛杉矶已俨然成为底特律以外，美国的另一汽车之城。每年12月初在洛杉矶会议中心所举办的洛杉矶车展，是美国国内规模仅次于底特律北美国际车展的第二大汽车展。且与注重量产与技术概念的北美国际车展不同，洛杉矶车展主要是以车辆的设计风格作为重点。

洛杉矶是世界的文化首府。电影，是洛杉矶一个闻名全球的重要产业；好莱坞是全球最著名的影视和娱乐的热门地点。它位于美国加利福尼亚州洛杉矶市市区西北郊；依山傍水、景色宜人，全年少雨又基本上不会下雪，阳光普照时间长，成了拍取外景的有利条件。加上洛杉矶附近地理变化多，有山有海取景容易，使电影业在洛杉矶能扎根发展，这与洛杉矶的气候与地理环境有极大的关系。自从1911年在此成立了第一家电影公司后，洛杉矶迅速成为世界电影业的中心。明星云集、佳片不断，好莱坞引领着全球电影娱乐的方向。好莱坞的名人大道上记载着曾经在电影、电视、广播、录音等领域，卓有成就

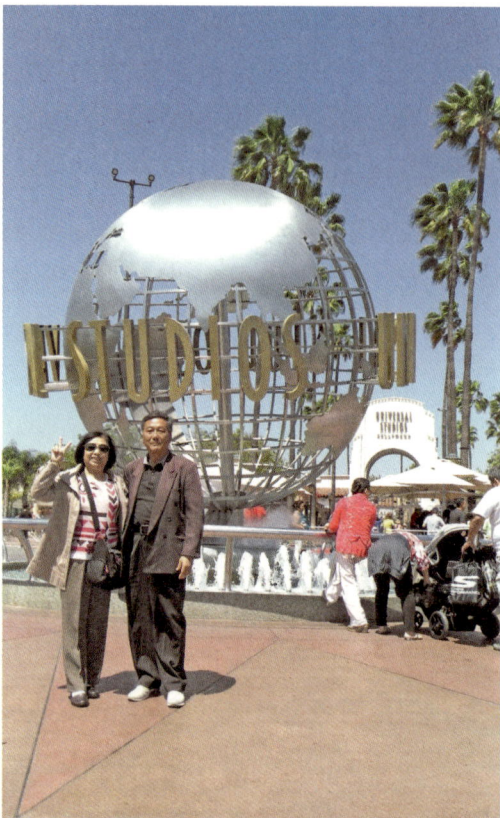
在好莱坞影视中心合影留念

的 2000 余位名人留下的脚印。

环球影城是派拉蒙和电影式主题乐园，而且有许多类如电影场景里重现的游乐项目。与影城毗邻的商店、餐厅、电影院都以色彩鲜明、造型活泼的巨型招牌、广告吸引顾客。如 Hara Rock Cafe 的大吉他、大金刚、圆形环球剧场等，让顾客一踏进影城立即感到视觉的强烈刺激。25 年来许多国外游客游玩了环球影城，并观看了制片过程。

迪斯尼乐园位于洛杉矶东南面，创办于 1955 年，是世界上最大的综合游乐场。有主街、冒险乐园、新奥尔良广场、动物王国、拓荒者之地、米奇卡通城、梦幻乐团、未来王国八个主题；在中央大街有老式马车、古色古香的店铺和餐厅等。

洛杉矶是世界上最有文化价值的城市。19 世纪是巴黎的天下，20 世纪属于纽约，而洛杉矶则主宰着 21 世纪。它比其他城市拥有更多的剧院，包括加州艺术剧院、洛杉矶爱乐交响乐团、全美最大的音乐厅之一的罗伊斯音乐厅每年出产高达 1500 场戏剧。

洛杉矶是全美当代艺术作品第二大交易市场（仅次于纽约），有 150 余所艺术画廊以及为数众多的博物馆，打造了一座当代艺术殿堂。洛杉矶的文化教育事业也很发达。这里有世界著名的加州理工学院、加利福尼亚大学洛杉矶分校（美国最新排名全国第 24 位）、南加利福尼亚大学、洛杉矶加州州立大学等；有亨廷顿图书馆、格蒂博物馆、洛杉矶公共图书馆（藏书量全美第三）等。洛杉矶在 1932 年 和 1984 年，两次举办奥运会；是世界上屈指可数的举办过两届夏季奥运会的城市。

洛杉矶是美国重要的旅游城市之一。每年游客量仅次于纽约，有超过千万人来此观光旅游。这里普布着最有影响力的城市建筑、休闲娱乐和旅游购物的场所及景点：如著名的好莱坞、星光大道、环球影城等。

洛杉矶市区范围广阔、布局分散，整个城市是以千千万万栋一家一户的小住宅为基础。

美国洛杉矶音乐中心

绿荫丛中，鳞次栉比的庭院式建筑；色彩淡雅、造型精巧，风格各异，遍布于平地山丘上。

搭乘旅游巴士，从洛杉矶出发向东北方向行进，穿过村庄和沙漠，就到了拉斯维加斯。在拉斯维加斯将首先领略世界著名睹城的城市风光，入住威斯汀度假村；在那里可以享受酒店的便利设施，在赌场内试试您的运气。

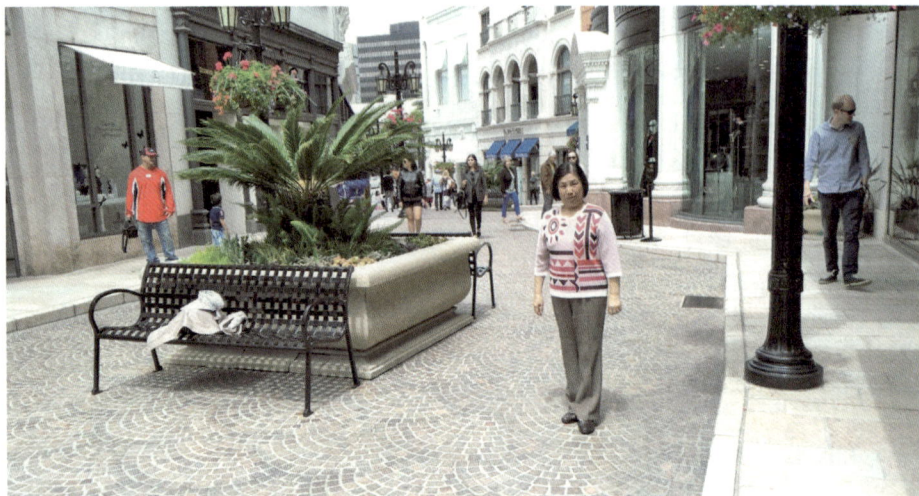

美国洛杉矶是一个文艺气息十分浓厚的城市，而且十分清洁高雅，令人神往

晚饭后您将欣赏市内灯火通明、彩灯闪闪的街景，观看世界著名的太阳马戏团的演出。第二天，您乘巴士去 BoulderCity，在那里登上 EC-130 直升机，开始大约 35 分钟飞越大峡谷的旅行。途中，直升机将下降约 4000 尺，降落在大峡谷底部，在里那有机会品尝香槟和点心，然后从一个稍微不同的路线飞回，搭乘巴士回洛杉矶。

洛杉矶是一个宜居的城市，良好的自然条件和文化环境吸引着人们聚居于此。比弗利山庄是加州最著名的富人区之一。云集了好莱坞众多影视明星的豪宅、高档小区、餐厅、酒店，似洛杉矶的城中城；每一栋别墅各具韵味和特色。

穿过比弗利山庄可以来到最独特的罗迪欧（Rodeo）大道；清新简洁的商品街，两旁有许多时装店，这是世界精品与名品的发源地。唐人街坐落在洛杉矶市中心，是华人聚居的地方，有浓郁的中华文化，最受好评的莫过于饮茶加晚餐的中国餐馆。小东京是美国最大的日本人街道，其间有美籍日裔博物馆，值得游客前往观看。欧威拉街是洛杉矶的发祥地，有墨西哥风格的餐厅、工艺品商店；在 200 米长的街道中，集中了银器、玻璃器皿、皮革制品、民族服筛等许多商店，非常繁华。格里菲斯公园是美国最大的城市公园，位于好莱坞以北，面积 1600 平方米，有高尔夫球场、网球场、骑马道、天文台、动物园等。在格里菲斯观景台，我们可以看到洛杉矶的城市全景，欣赏对面山坡上 Hollywood（好莱坞）的标志。

纪念体育场是美国洛杉矶的主要体育场，建于 1923 年。建造时可容纳观众 7.6 万人，为了举办第 10 届奥运会，在 1930—1931 年扩建，观众席位增加到 11 万个，设置包厢 706 个，在正中的拱门上方安装了奥林匹克火炬。为举办 23 届奥运会又进行了装修，将座位换成了座椅，席位减少到 9.26 万个；增设了巨大的电子计时器和彩色显示屏，全场有 90 个出入口和 74 个旋转栅门。第 23 届奥运会于 1984 年 7 月 18 日在洛杉矶举行，它创造了世界体育史上的奇迹，它的赢利是个天文数字，高达 2.15 亿美元。

比佛利地区的街景，环境非常清静和优美，在那里非常休闲享受

第24站
美国旧金山
SAN FRANCISCO USA

美国——旧金山

旧金山 (San Francisco)，又译称"圣弗朗西斯科""三藩市"，位于美国加利福尼亚州西海岸圣弗朗西斯科半岛。面积 121.73 平方公里，人口 837,442(2013 年统计)，是美国加利福尼亚州太平洋沿岸的港口城市。是加州中仅次于洛杉矶的第二大城市，是美国西部最大的金融中心和重要的高新技术研发和制造基地。旧金山半岛三面环水，并受太平洋加利福尼亚寒流影响，是属于亚热带地中海气候；冬暖夏凉，阳光充足。夏天日高温度通常只有 20 摄氏度，9 月是最暖和的月份；夏季降雨极少，雨季为 1 ~ 4 月份；冬天虽冷但鲜有降雪。因此旧金山全年都适合旅游，被誉为最受美国人欢迎的城市。

旧金山区域在 16 世纪属于西班牙上加利福尼亚省领土。1821 年，墨西哥自西班牙独立，上加州也成为墨西哥领土。墨西哥和美国战争爆发后，1846 年美国占领此城。1848 年，一名木匠在建造锯木厂时，在推动水车的水流中发现了黄金。这个消息不胫而走，引发了全世界的淘金热。在短短的三个月内旧金山人口便从原来 800 多人激增到 2.5 万。当时许多华人作为苦力贩卖至此挖金矿、修铁路，备尝艰辛，此后大批华工在这里安家落户；他们把这座城市称作为"旧金山"（以区别澳大利亚的新金山）。淘金热使得旧金山成为密西西比河以西最大的城市，1850 年加利福尼亚正式成为美国联邦政府第 31 洲。

1906 年 4 月 18 日旧金山发生历史上最大的 8.25 级大地震，历史上在 1851 年、1858 年、1865 年、1868 年、1889 年都发生过地震。这次大地震使煤气管爆裂，引发火灾，大火整整烧了 3 天，旧金山成了一片废墟。地震使 3000 人丧生，25 万人无家可归，514 条街道、2.8 万幢建筑焚毁倒塌。但是，旧金山在经历了这样大的灾难后却浴火重生，以不到六年的时间重新建设了一座更新、更现代化的城市。在 1915 年，旧金山为了庆祝连接大西洋和太平洋的巴拿马运河竣工，并为显示 1906 年大地震后重建的新市貌，在现今的滨港区举行了巴拿马—太平洋旧金山世界博览会。1936 年连接旧金山和奥克兰海湾大桥竣工。1937 年连接旧金山和马林县的金门大桥竣工。1939 年在金银岛举行了金门世界博览会。1945 年联合国 51 个成员国在旧金山签订了联合国宪章。1951 年同盟国与日本签订《旧金山和约》，正式终止对日本的战争。1989 年 10 月 17 日，位于旧金山南边 97 公里的圣塔克鲁兹山区发生 6.9 级地震；当时正在举行美国职业棒球世界大赛，地震经由电视转播传遍了世界；这次地震被称为世界大赛大地震，或称 1989 年大地震。

旧金山有丰富的民俗节庆，每月都有节庆活动。1 ~ 2 月，为少数民族节。从中国的春节开始，主要有燃放鞭炮焰火，贴春联，举行全美唐人街小姐竞赛和舞龙灯游行等。3 月，爱尔兰后裔以宗教活动和旌旗招展的形式举行大游行，庆祝圣帕特克纪念日。4 月下旬，日本社区庆祝樱花节；日本艺人专程赶来登台演艺举行庆典。5 月 5 日，是辛克德马友人纪念 1862 年墨西哥人战胜法军的节日。6 月，最后一个周日是"男女同性恋自由日"。7 月 4 日，是美国的独立日；作为全国性节日，届时在克雷斯广场和金门大桥燃放焰火，有轨缆车鸣钟锦标赛在联邦广场、鲍克大街广场举行。8 月，最后一个周末是旧金山布罗斯节，在梅森要塞登场。9 月，是旧金山博览会在市政中心开幕日。此外，旧金山市每年 4 月 18 日定为"梅艳芳日"，以表彰她对当地华人社区公益慈善的贡献。把 10 月 17 日确定为"林志颖"日，以表彰他开展的一系列捐资学校、出任禁毒大使等公益活动。加州议会将于 11 月 29 日定为"蔡依林日"表彰她获加州政府、议会"欢迎状"的女歌手。

旧金山唐人街，
门框的牌匾上有
孙中山先生的题
词"天下为公"

　　旧金山的最强音是移民们迸发出的热情，是一个令人陶醉的文化混合体。特色鲜明的意大利人、中国人、西班牙人、日本人和南亚人等不同的聚居区点缀在加州这块土地上。旧金山 Chinatown（唐人街）有华人 25 万，是美洲华人最为密集的聚居地，也是美国城市中最大的唐人街之一。它有 120 余年

旧金山唐人街

的历史，来此观光购物的人潮经常挤得水泄不通，人山人海。街区入口处有深绿色中式牌楼和一对石狮子，门庭牌楼上方书写有中国革命先驱孙中山先生"天下为公"的墨迹，是唐人街的象征，也是中华文明的象征。街道两旁纵横交叉林立着中国人开设的各种商店，在商铺中可以购买到来自中国特色的各种纪念品、百货、药材和食品。中餐馆是街区中的重要部分，旧金山号称有全美最正宗的中餐，因此唐人街的中餐馆则是食客满天下。

旧金山是美国最宽宏大度崇尚多元文化的城市，也是世界上最伟大的城市之一。这里住着许多科学

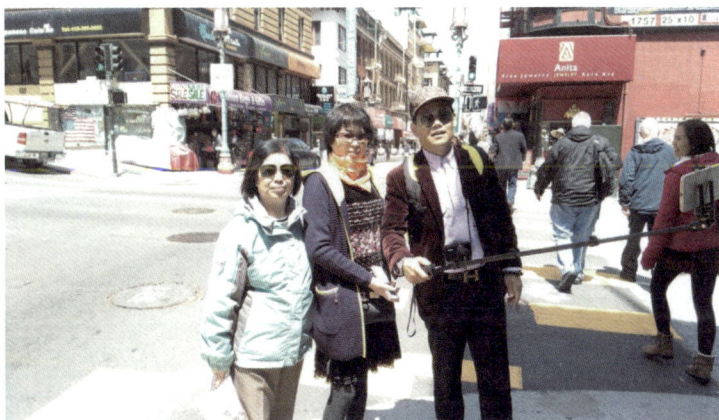

家、艺术家、作家和演员。在 20 世纪至 21 世纪，在这里一直是美国嬉皮士文化和近代自由主义、进步主义文化的中心之一。在这里白人、黑人、黄种人、和谐共处。同性恋者公然在街头拥吻，且泰然自若地与异性恋者比邻而居。头顶红绿色发型的年轻人招摇过市；把全身漆成五彩斑斓，或扮成小丑，或扮成巫婆、专以各种造型独特显表自己的街头艺人，时而可见。旧金山是世界上著名高新技术产业园"硅谷"的所在地；正是旧金山有兼容并包的城市精神，它创造了硅谷千千万万奇迹般成功的故事；孕育了 33 位诺贝尔奖获得者，每天吸引着无数高新技术的人才来到这里。

旧金山文史景观赏心悦目，餐馆佳肴令人惊喜。金门大桥是世界上最著名的大桥之一，被誉为近代

旧金山世界著名的标志性建筑金门大桥

旧金山渔人码头一个商店
内影像馆中拍摄的有趣的
照片

旧金山渔人码头街景

桥梁工程上的一项奇迹。大桥建于 1937 年，耗资 3550 万美元，是世界上最大的单孔吊桥之一。桥长 2780 米，海平面到桥中心高度为 67.84 米；桥两端有两座高达 227 米的塔，橘黄色桥的两端矗立着钢柱，用粗钢索相连；钢索中点下垂几乎接近桥身，钢索与桥身用一根细钢绳连接起来，整座桥显得朴素无华而又宏伟壮观。大桥雄峙于美国加利福尼亚州宽 1900 多米的金门海峡之上，金门海峡为旧金山海湾入口处，两岸陡峻、航道水深。全门大桥的设计者是工程师施特劳斯，人们把他的铜像安放在桥畔，用以纪念他对美国做出的贡献。

金门大桥公园，是一座有 107 亩的城市观光公园，比纽约中央公园大20%；是排名美国纽约中央公园和芝加哥林肯公园之后的第三受欢迎和喜爱的公园，每年有 1500 万游客。渔人码头曾是意大利渔夫的停泊码头，如今是旧金山最热门的去处，终年热闹非凡。杰弗逊街与泰勒街交汇处的巨蟹标记是渔人码头的象征，各国观光客都会来此享受一顿鲜美的海产宴。品尝海鲜的最佳时节是每年 11 月到次年 6 月之间，人们可以吃到上好的丹金尼斯大海蟹。斜街是旧金山的一大特色；从浪巴到利文街是一段大下坡，这段有"世界上最弯曲的街道"之称；车行至此只能盘旋而下，时速不得超过 5 英里。为防止交通事故特意修花坛，家家户户门口养花种草，犹如幅斜挂着的绒绣，美不胜收，有"花街"之美名。

旧金山市区与周围城镇均以桥梁相连，色彩缤纷的低层小楼盘山而建，不少街道相当陡斜。最具特色的景点是"九道湾"，最陡处近 20 ～ 45 度，汽车开足马力也不一定能爬上坡；这地段公共汽车只能使用一种特制的电缆车，驾驶员需有一定的驾驶技术，采用闻名天下的旧金山有轨缆车系统，将缆车搭在持续前移的钢缆上，钢缆被放置在大街的中心线上，司机通过一根钳形杠杆来控制车的移动，平均时速为 30 ～ 40 公里。现有三条线在运用，最受欢迎的是鲍威尔—梅森线、鲍威尔—海德线。有时缆车会拥挤不堪，但有轨缆车会提供一种无法抗拒的魅力；日落时分，跃上一辆老字号木制的缆车，就像拿到了一张仿造 100 年前旧金山城市生活的车票。

旧金山也是一座文化都市，共有 18 所高等院校。斯坦福大学 (Stanford UniversitY) 是美国一所私立大学，被公认是世界上最杰出的大学之一，在美国 2012 年排名第 5 名。它位于加利福尼亚州的斯坦福市，在旧金山南边约 35 英里的帕拉阿图市；它占地 35 平方公里，是美国面积第二大的大学；据美国《福布斯》2010 年盘点，它为美国培养了亿万富翁 28 位，排名第二，仅次于哈佛大学。加利福尼亚大学伯克利分校 (UniversitY of Califbrnia-BerKeleY)，简称 UCB，是美国最负盛名且是最顶尖的一所公立研究型大学。它位于旧金山东湾伯利克市的山丘上，1868 年由加利福尼亚学院以及农业、矿业和机械学院合并而成；1873 年迁至圣弗朗西斯科 (旧金山) 附近的伯利克利市，是加州大学 10 个分校中历史最悠久的一所。大学有 14 个学院，5 个医学院，3 个法学院，下设系和专业有：英语、化学、数学、政治学、艺术史、音乐、机械工程、物理等几乎涵盖了所有学术领域。学校在世界上拥有崇高的声誉，这里是发现维生素 E 的地方，是鉴定出流行性感冒病毒的地方，也是全国首个无过失离婚法案起草的地方；它对美国的经济和社会都做出了巨大的贡献。旧金山大学 (University of SanFrancisco) 位于素有"西海岸门户"之称的旧金山市，成立于 1855 年，是一所有百年声誉的优秀综合性大学。开设 17 个本科专业和 9 个研究生专业，目前有来自 57 个国家的 8000 多名留学生。在 2007 年美国权威杂志 Usnews ana world report 评选出的大学排行榜中，旧金山大学在全美 3600 所大学，位列第 112 位；它的商学院在 2005 年被华尔街日报评为全球最好的 100 家商学院之一，它的本科教育及创业精神著称于世。中国华润置地副董事长王印，JP 摩根董事长总经理单伟建等均是该校校友，因此被誉为"华人董事长的摇篮"。该校在研究生教育方面以创新精神闻名，是一所开办金融分析硕士的大学，计算机硕士引入创业能力培养课程，在硅谷享有盛名。中国前国家主席、总书记江泽民访美时曾专程到旧金山大学进行了访问。

旧金山由于气候温和、环境优美、居住品质上乘、拥有北美最佳的酒店和市场，被誉为美国最佳宜居城市和旅游城市。2011 年约有 1630 万来自世界各国的游客访问了旧金山，为当地贡献了 85 亿美元的收入。为方便游客旅游和观光，在游轮码头乘上环城旅游观光巴士，可以到达城市的主要景点。旧金山直升机观光之旅将带您翱翔在著名的旧金山湾和金门大桥上空，以一个无与伦比的视角来欣赏城市的全景，用一种全新的方式来欣赏旧金山。乘上豪华的直升机，戴上双向耳机，时刻可与飞行员保持沟通；通过巨大的全景视窗使每位乘客都可以一览旧金山美丽的风景。低空飞行时您可以看到恶魔岛上那因禁犯人臭名昭著的联邦监狱；在旧金山湾入口处鸟瞰金门大桥；在城市上空欣赏海滩、浴场以及许多著名的、地标性的摩天大楼，使人心旷神怡、美不胜收。

美国——夏威夷洲希洛、卡胡鲁伊、火奴鲁鲁

夏威夷州 (Hawaii State) 是美国唯一的群岛州，由太平洋中部的 132 个岛屿组成。首府火奴鲁鲁位于互胡岛东南角，华人称之为檀香山。夏威夷州位居太平洋的"十字路口"，是亚洲、美洲、大洋洲之间海上、空中的运输枢纽，具有重要的战略地位。陆地面积 1.67 万平方公里，2000 年统计人口为121.1537 万。夏威夷州属于海岛型气候，终年有季风调节，每年温度约在 16摄氏度至 31 摄氏度之间。2、3 月最冷，8、9 月最热，没有季节之分；气候终年温和宜人。降水量受地形影响各地差异悬殊，10 月到次年 4 月雨量最大；整个地区森林覆盖率近 50%。夏威夷群岛的 132 个岛屿，包括 8 个大岛和 124个小岛，是由火山爆发形成，它绵延 2450 公里。诸岛中包括夏威夷岛和瓦胡岛；其中夏威夷岛为最大的岛，岛上有两座活火山。夏威夷州由夏威夷县、檀香山县、卡拉沃县、毛依县、考爱县组成；主要城市包括火奴鲁鲁、希洛、卡胡鲁伊、怀帕胡、利胡埃。瓦湖岛是工农业生产的集中地区，火奴鲁鲁是太平洋航线中的重要港口和中继站，因此火奴鲁鲁作为夏威夷州的首府，是夏威夷州政治、经济、文化的中心。

夏威夷群岛于 1778 年由欧洲航海家詹姆斯·库克首次发现，由夏威夷酋长卡美哈梅哈统一了整个群岛，并自称为夏威夷国王卡美哈梅哈一世。1818年，卡美哈梅哈一世将夏威夷王国国旗仿制成英国米字旗，现即为夏威夷州

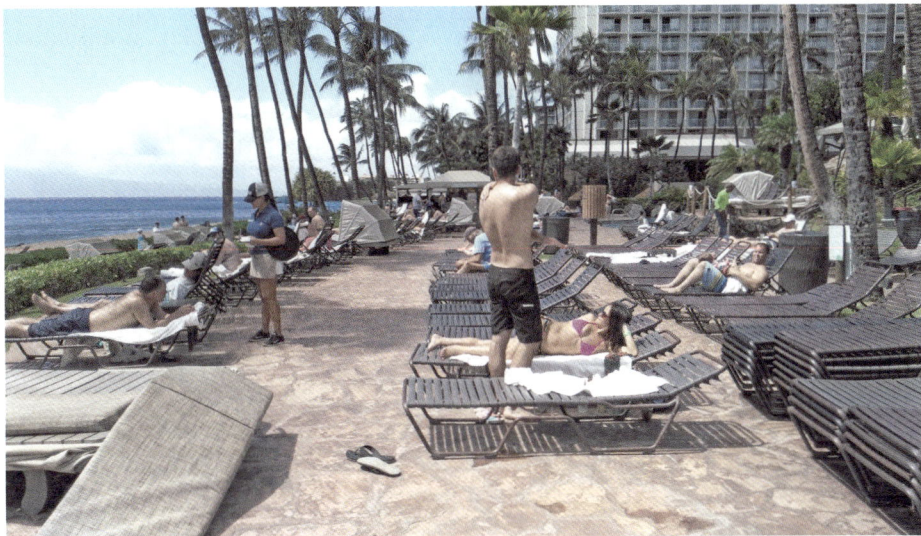

岛上美丽景象

旗。1819 年卡美哈梅哈一世去世，由卡美哈梅哈二世登基。1840 年夏威夷政府修法，将王国制改为君主立宪制。1843 年英国政府宣称拥有夏威夷主权。1849 年法国政府宣称占领夏威夷，拥有部分主权，但引起夏威夷居民的不满。1893 年美国传教士率教会成员推翻了夏威夷王国。1894 年杜亨任夏威夷共和国临时政府首任总统。1898 年夏威夷正式并入美国。1941 年 12 月 7 日，日本海军航空兵袭击夏威夷美国太平洋舰队的基地珍珠港。1959 年 8 月 21 日，夏威夷正式成为美国第 50 个州。

夏威夷群岛流动人口有 133.4 万。日本人是夏威夷最大的亚洲民族，其他是菲律宾人、土著人、中国人、朝鲜人、越南人、老挝人、泰国人。城市人口的 86.5%，全州人口的 80% 都聚集在瓦胡岛上。旧时夏威夷社会等级森严，卡普制度划分人的等级和男尊女卑。最高的是酋长和牧师，最低是奴隶，中间是平民。卡普制度规定不同等级的人在什么地方捕鱼、打猎；在什么地方种田、收获；在什么海滩游泳、嬉戏；吃什么东西、穿什么、怎样穿，等等；否则是死罪。夏威夷人相信神灵、相信宿命。他们认为，神的能力大小和人的地位高低，都由家族中地位、辈分和年龄而定；辈分越高年龄越长者资格

进火山口处

夏威夷火山神

越老。夏威夷人认为人死后魂灵不灭，祖宗魂灵常常会回来保佑自己的子孙后代。现代夏威夷人风俗已经融入世界各地民族的风俗习惯：进屋脱鞋其实是学习了日本人的习惯；在婚礼、法庭和参加葬礼时穿西服，也是学习西方在正式场合中惯用的一种礼仪。

希洛，位于夏威夷群岛中夏威夷岛的东北岸，是夏威夷州的一个无建制的城市；是夏威夷县的县府所在地，受县的管辖。2000年人口40759人，2010年上升6.1%至43263人。希洛是一个科学文化城市；夏威夷州最著名的大学是夏威夷州立大学，它主要的学区之一就分布在希洛。此外希洛还有博物馆、文化中心、天文学研究中心、科学文化氛围浓厚。一年一度的快乐君主节、是为了纪念最后一位统治夏威夷王国的君主——卡拉卡瓦国王。同时在每年的复活节，岛上举办为期一周的夏威夷呼啦圈舞的活动。希洛面朝希洛湾，不仅人文景观相当丰富，而且背依青山、风光旖旎；是夏威夷最著名的旅游城镇之一。在夏威夷植物园中有许多多彩多姿的热带植物：龙虾爪、虫蝎尾蕉、蝙蝠植物、巨型红掌、异国生姜及超过2500种热带花卉、水果和兰花；这些绚丽多彩的花木吸引着游客来此观赏。

　　希洛是通往夏威夷火山国家公园的门户。在夏威夷希洛的国家火山公园内，有海拔4170米高的茂纳罗亚火山，它是夏威夷最大的火山。有传奇色彩的基拉韦厄活火山，它有着地球上最活跃的地质环境。基垃韦厄火山虽然海拔只有1240米，但它的土语称它为"吐出很多"，意指它的威力非比寻常。从1938年起，它一直在连续爆发，造就了夏威夷大岛上最年轻的陆地。

　　开车盘旋在长达11英里的火山口边缘，一路上可以体验到夏威夷火山独特的美景，欣赏光滑的绳状熔管，熔岩管、硫沉积物及荒凉的沙漠。椭圆形的火山口宽2～2.5英里，深400米，在那里可以闻到硫黄的味道，听到蒸汽

夏威夷群岛上植物园中艳丽的花朵

从岩体裂隙中冒出来的嘶嘶声。来到 3 公里外的火山博物棺内，可以看到正在喷发的火山地质结构及火山喷发的介绍。

卡胡鲁伊是夏威夷州毛伊县的一个主要城市，是指定人口普查区，2010 年普查时人口有 26337 人。岛上有机场、码头、深水港、轻工业区、商业购物中心。消费人群比较集中的地区有中心百货商店、罐头厂购物中心、毛伊县卡胡鲁伊市场和商铺。卡胡鲁伊有国家野生动物保护区和沙滩公园、糖业博物馆和艺术文化中心等。卡胡鲁伊毛伊岛的最高点——哈雷阿卡拉山火山口，位于海拔 10032 英尺（3060 米）。这座休眠火山口长 7.5 英里（约 12 公里），宽 2.5 英里（约 4 公里），深 3000 英尺（915 米），覆盖四周 21 英里（约 33.81 公里）；上次喷发是在 1790 年。该火山口十分巨大，可以容纳整个曼哈顿岛，其外形颇具外星球特色，美国航天局曾将其模拟为月球表面。毛伊岛颇受欢迎的是茂密的竹林和热带雨林山谷。在同一座山谷中有许多清澈的溪流、宁静的水池、倾泻的瀑布；瀑布高度为 10 ~ 40 英尺（约 3.05 ~ 12.2 米），实属罕见。山谷中有大型水池可供游泳和泡脚。山谷中的蕨类植物、果树和鲜花等自然美景，是人们观景和休闲的游乐场。

火奴鲁鲁（檀香山），位于北太平洋夏威夷群岛中瓦胡岛的东南部，是夏威夷州的首府和港口城市。该市市区面积 217 平方公里，2013 年统计人口 41 万。都市区包括瓦胡岛各县面积 1544 平方公里，人口约 85 万，约占夏威夷州人口的 80%。在夏夷语中火奴鲁鲁的意思是"避风的港湾"，即是天然的良港。火奴鲁鲁华人称之为檀香山；因为早期此地盛产檀香木，而且被大量运回中国，因此华人把出产檀香木的地方称为檀香山。檀香山气候温和，年均温度 24 摄氏度，年降水量 600 多毫米。历史上，火奴鲁鲁早期是玻利尼西亚人的小村，19 世纪初因檀香木贸易和作为捕鲸基地而兴起。1850 年成为夏威夷王国的首府，1898 年夏威夷归属美国，1909 年火奴鲁鲁设市，1959 年成为美国第 50 个州；夏威夷归属美国后开始在岛上兴建了 7 个大型军事基地。1942 年 12 月 7 日，日本出动 350 多架飞机偷袭珍珠港基地，炸沉炸伤美军军舰 40 余艘，炸毁飞机 200 多架，毙伤美军 4000 多人。主力战舰"亚利桑那"

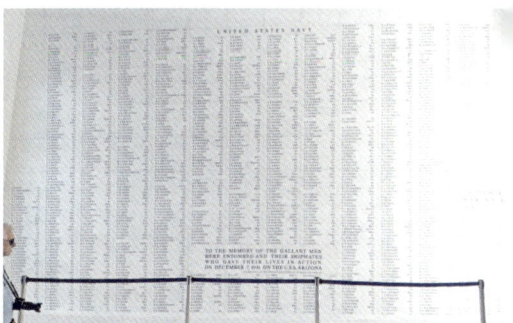

珍珠港亚利桑那号战舰纪念馆

117名遇难将士名单

号被 1760 磅重的炸弹击中沉没，舰上 1177 名将士殉难。1962 年，在沉舰上建起了一座乳白色的亚利桑那纪念馆。在纪念馆的大厅里，人们透过窗口可以看到沉在珍珠港的战列舰遗骸。

檀香山经过 100 多年的开发，已把一个贫穷的渔村发展成为现代化的旅游城市和商埠。诱人的热带风光、迷人的海滩、奇异的花草和浓郁的民族风情，使它成为举世推崇、每年有上千万游客光顾的旅游胜地。威基基位于阿拉威运河和太平洋之间，是著名的旅游景点。这里有许多饭店、商店和夜总会，瓦胡岛上大多数饭店坐落于此。世界知名的威基基海滩，每年吸引百万多游客来此度假和休闲。

火奴鲁鲁（檀香山）直升机俯瞰瓦瑚岛之旅从欣赏 Keehi 湖美丽风景开始，然后将参观历史悠久的火奴鲁鲁港。在这里，您将看到岛上最高建筑的 Aloha 塔。飞过市中心，这里可以看到全国唯一的一家皇家宫殿伊奥拉尼皇宫；在火山口上建造的太平洋国家公墓。

飞机继续飞过 AlaMoana 海滩公园、魔术岛、游艇码头和海滩。远处看到使百万富翁们发家的"黄金海岸"和壮观的 Hanauma 海湾。在岛的东端，您可看到下面崎岖的海岸线和灯塔。直升机继续飞越海洋公园，看到电视剧"私家侦探玛格侬"拍摄的房子和绵延数英里的白沙滩。在欣赏了 Olomana 山的壮观景致之后，直升机飞到大风口上方，Kamehameha 国王的战斗就是在这里赢得了关键性的战役，从而统一了整座岛。在珍珠港，您将看到亚利桑那纪念馆和沉在水中的密苏利号战列舰。

火奴鲁鲁（檀香山）在中国近代史上扮演了重要角色。伟大的中国革命先行者孙中山先生，在 1879 年随母来到了火奴鲁鲁的约拉尼学校就读，后来在奥体学院深造。孙中山青年时代就在欧美宣传和组织革命活动。在火奴鲁鲁国际机场的中国花园中，一座孙中山先生的石像端坐在中央，以永远纪念这一位举世闻名的中国伟人——孙中山先生。

日本——横滨

日本全称日本国，其国名取"日出之国"之意，首都东京。它位于亚洲东部、太平洋西北部，是一个高度发达的资本主义国家。人口约 1.26 亿，以大和民族为主体，通用日语。领土总面积 37.8 万平方公里，由本州、四国、九州、北海道四大岛及 7000 多个小岛组成，被称为"千岛之国"。它东部和南部为一望无际的太平洋；西临日本海、东海；北接鄂霍次克海，隔海分别与朝鲜、韩国、中国、俄罗斯、菲律宾等国相望。日本政体是议会立宪制体制，天皇为国家元首，总理为政府首脑。主要宗教是神道教和佛教。

日本地处温带和亚热带，且在海洋的包围之中。气候温和湿润、四季分明；冬无严寒，夏无酷暑，夏秋两季多台风。6 月份多梅雨，降水充沛，是世界上降水量较多的地区，具有海洋性典型特征。全国横跨纬度 25 度，南北气温差异十分显著。在东部太平洋一侧自南向北均被日本暖流环绕，西部日本海一侧是对马暖流和里曼寒流交汇处，鱼类资源丰富，成为天然渔场。日本是个多山的岛国，山地成脊状分布于日本中央，将日本国土分成太平洋一侧和日本海一侧。山地和丘陵占总面积的 71%，大多数为火山。因为日本群岛地处欧亚板块和太平洋板块的交界地带，即环太平洋火山地震带，全球十分之一的火山在日本。世界上全部里氏 6 级以上的地震中，超过二成都发生在日本，危害较大的地震每 3 年要发生一次。日本最高最著名的富士山，海拔 3776 米，就位于环太平洋火山地震带。它最后一次喷发是在 1707 年，此后仍不断观测到喷烟和火山性地震，但估计爆发风险很低，目前属休眠火山。日本的平原面积狭小，主要分布在河流下游近海一带，多为冲积平原。较大的平原有石狩平原、越后平原、浓尾平原、上胜平原等，其中面积最大的为关东平原。日本海岸线全长 33889 公里，海岸线十分复杂。西部日本海一侧多悬崖峭壁，港口稀少；东部太平洋一侧多入海口，形成了许多天然良港。

关于日本列岛上人类被确认的历史，大致可追溯到 3 万年至 10 万年前。约 12000 年前，次冰期结束；气候开始急剧温暖化，改善了人类的生活环境。全岛进入了绳文时代，人们制作绳文式陶器、开始迈向定居化；并使用弓箭狩猎、采集植物种植、使用石器骨器作为工具等。公元 31 世纪中叶，境内出现了较大的国家"大和国"；后经过长期扩张，逐渐征服了大部分地区。最初首领称"大王"，后来称天皇。公元 645 年向中国唐朝学习，进行了大化改革。12 世纪后期进入幕府时代，建立以镰仓为政治中心的武家政权时代。1868 年日本向欧美学习，进行了明治维新，迅速跻身资本主义列强行列。它对外扩张走上了军国主义道路，侵略中国和朝鲜等国家。二次世界大战后，美军占领了日本。1947 年日本公布新宪法，由天皇制国家改变为以天皇为国家象征的议会内阁制国家。日本战后奉行"重经济轻军备"路线，于 20 世纪 60 年代末一跃成为仅次于美国的世界第二大经济强国。90 年代开始，社会面临老龄化、少子女等严峻的社会问题，使经济陷入低迷状态。目前日本是世界第三大经济体。

日本实行以立法、司法、行政三权鼎立为基础的议会内阁制。天皇为国家象征，无权参与国政；国会是最高权力机构和唯一立法机关，内阁为最高行政机关，对国会负责；首相为内阁总理大臣，是最高行政首脑。议会泛称国会，由众参两院组成：众院 480 名，任期 4 年；参院 242 名，任期 6 年，3 年改选半数。在权力上众院优于参院，每年 1 至 6 月召开国会，会期 150 天。日本的行政管理：都、道、府、县是平行的，具有自治权，是直属中央政府的一级行政区。全国有 1 都——东京都；1 道——北海道；2 府——大阪府、京都府；43 个县（省）；其办事机构称为厅，即都厅、道厅、府厅、县厅；厅的行政长官称为知事。每个都、道、府、县下设若干市、町、村；其办事机构称"役所"，即市役所、町役所、村役所；其行政长官称为市长、町长、村长。

日本自然资源贫乏，但科研能力十分强大，高度发达的工业是国民经济的主要支柱。日本自然资源除煤炭、天然气、硫黄等极少量矿产资源外，其他工业生产所需主要原料、燃料等都要从海外进口。但是，日本森林和渔业资源丰富，森林覆盖率占日本陆地面积的69%，是世界上森林覆盖率最高的国家之一。日本海和北海道是世界著名的大渔场，盛产700多种鱼类。日本资源贫乏，但有高度发达的工业体系和生产能力、极其强大的科学研发力量，是其国民经济发展的主要的推动力。日本的科学研发能力位居世界第一，应用科学、机械及医学等领域尤为突出；拥有大量著名的跨国公司和科研机构，每年科研经费达1300亿美元，约占GDP的3.1%，居发达国家的榜首。此外，日本工业高度发达，工业结构向技术密集型和节能节材型方向发展，主要部门有电子、家用电器、汽车、精密机械、造船、钢铁、化工、医药等，工业产品在国际上有很强的竞争力。日本高度发达和现代化的工业产业体系外，服务产业中以动漫产业为首的文化产业和发达的旅游业，也是日本重要的经济支柱。战后日本经济能高速发展，其主要原因是：大力吸收了美国的资金；学习、借鉴了美国的先进生产、科技和管理经验并加强仿制、创新、研究和消化吸收。在1950—1975年间日本共引进了25000多项技术；用不到30年时间，花了约60亿美元，把美国等西方国家的研究成果学到手。日本经济高度发达，国民拥有很高的生活水平。2014年国内生产总值达4513万亿美元，位居世界第3位（仅次于美国和中国）。人均国内生产总值36285美元，位居世界第23位。

日本素以干净整洁而闻名于世，在环保、垃圾处理等许多方面堪称典范。国民普遍拥有良好的教育和素质，至今仍较好地保存着以茶道、花道、书道等为代表的日本传统文化。日本教育分为学前教育、初等教育、中等教育、高等教育四个阶段。大学分国立、公立、私立三种。著名的国立大学有东京大学、帝国大学；著名的私立大学有早稻田大学、庆应义塾大学等。日本有

12 项文化遗产，4 项自然遗产。著名的名胜古迹有：富士山、金阁寺、银阁寺、唐招提寺、达坂城天守阁、阿苏火山、台场、浅草寺等。

横滨，仅次于东京、大阪是日本第三大城市。是神奈川县东部的国际港口城市，也是神奈川县厅所在地。它位于日本东京南面关东地区南部、本州中部；东临东京湾，南与横须贺等城市毗邻，北接川崎市。横滨市面积 435 平方公里，2014 年统计人口 370.89 万。横滨港是日本最早对外开放的最大的国际贸易港口，也是亚洲最大的港口之一，被视为是东京的外港，港口贸易额居全国首位。横滨原是东京湾畔的一个小渔村，1859 年成为自由港，1873 年发展成为日本最大的港口，1889 年建市。1922 年关东大地震，横滨遭受巨大损失；第二次世界大战中，横滨又遭轰炸，战后得以重建。

横滨地处日本四大工业区之一的京滨工业区。主要以钢铁、炼油、化工、造船业为主，全市有大小工厂 8300 多家，工业总产值居全国第三位。横滨文化教育事业也很发达，有横滨国立大学、横滨市立大学、神奈川大学等多所高等院校和博物馆、图书馆和文化设施。

横滨全年气候温暖湿润，平均15.5摄氏度。最高8月平均温度26.4摄氏度，最低是1月5.6摄氏度。春秋季气候宜人、夏季多雨、冬季少雪，是度假旅游的胜地。横滨主要景点和旅游胜地有三溪园、镰仓、箱根、中华街等。

三溪园，是 19 世纪建造的一座古典日式庭园。占地 18 万平方米，是观光梅花、樱花、红叶等的名所。建有一座中国南北朝式的三重塔，周围有横笛庵、东庆寺、松风阁、听秋阁等日式建筑。园中树木林立、芳草萋萋、鸟语花香，被誉为"园中佳丽"；并被指定为日本重要的文化遗产。

镰仓位于神奈川县，是 12 世纪末幕府开始武士政权的地方，之后成为中世纪初期的政治中心。除了幕府的宅邸外，还有不少神社和寺院，曾繁荣一时。14 世纪，随着幕府灭亡镰仓便衰落了。江户时代作为旅游地而又复兴，它是仅次于京都、奈良的一座古都。在 KotoKuin 寺内有著名的大佛，这个大佛是寺内主要的雕像；于 1252 年筹资数十年而建成。Hachimanqu 神社，由 MrnamotoYoriyoshi 于 1063 年建成，1180 年后经镰仓幕府首领 MinamotoYoritomo

扩建并迁于此。神社用来供奉 Minamoto 家族和武士的守护神八幡。

　　箱根是日本最著名的旅游景点之一。它在日本本州中南部，相模湾西北，属神奈川县，人口 2.1 万。走进箱根，在海拔 1438 米高的箱根火山中，首先会感受到有活性硫气孔和火山山谷中大涌谷的神奇。大涌谷是大约 4000 年前箱根火山活动末期、火山喷发形成的火山口遗迹。大涌谷不仅风景秀丽、有许多温泉；山色湖光、艳丽明媚。利用地热著"黑蛋"，是箱根的名产。鸡蛋煮沸至黑，伴有微微的硫黄味，传说吃一颗就能多活 7 年。箱根的空中缆车是日本最长、世界第二长的空中缆车。它纵横大涌谷，从上眺望眼底下"地狱谷"喷烟的壮观景象，享受惊险刺激的空中之旅。箱根长期以来是大众休息和娱乐的场所，它的 16 个温泉分布在一个浅浅的峡谷里。在箱根温泉镇的旅馆里，有天然矿浴，其中宫下温泉是最古老最兴盛的一个。在强罗温泉，有利用旧财阀别墅建成的旅馆和各公司的疗养所。小涌谷温泉有设施完备的温泉娱乐城，小涌园"悠内三"是其中最大的温泉娱乐场，在这里可以身穿游泳衣游玩。此外，还有纯日式风格入浴的"森林温泉"等。

　　横滨中华街位于横滨市中区山下町，是山下公园西南的一条中国菜馆街，以前曾被称为"南京街"。它是日本最大的唐人街，有五个古老的门，住户 90% 是华人。当年流亡到日本的孙中山先生，在入口处 15 米高的牌楼上书写的"中华街"三个大字。大街两侧排列着装饰各异、色彩缤纷，百多家保持中国原有风味和特色的广东、江苏、山东、四川，四大菜系的菜馆。此外，许多人来到中华街的舶来品商店，主要购买从中国或亚洲其他地方进口来的糖果、中药材和茶叶。中华街中部，有一座关帝庙；每年关帝诞辰进行庆祝活动时有舞狮子、耍龙灯、踩高跷、放鞭炮等活动，热闹非凡。2006 年在唐人街又建造了一座妈祖庙，供华人祭祀。

　　从横滨乘新干线一个多小时就能到达日本最大的城市东京。东京是日本的首都，位于日本本州岛关东平原；是国际重要的金融、经济和科技中心之一，是亚洲重要的世界级城市。东京市面积 2188 平方公里，人口 1333 万；大东京都市圈面积 13400 平方公里，人口 3680 万。日本天皇宫殿的广阔庭院坐落于东京 23 特别区之一的千代田区，是日本历代天皇的居所。整个宫殿建筑群包含了天皇行宫、私人住宅、档案馆及行政办公室。雷门是通往东京浅草的浅草寺入口的两扇大门，门口悬挂着灯笼与风神、雷神二将雕像，高 11.7 米，宽 11.4 米，占地 69.3 平方米，威严地肃立在雷门边。顺着雷门出去，是著名的仲见世商业街，它位于从雷门前往浅草寺的参拜道，是日本最古老的商品店街之一，长 250 米，周围有 89 个商铺，随处可见流行的动漫标识。

秋叶原市简称为秋叶，1869 年之后这里被大火吞噬，之后居民为了祭奠这场事故，建造了一个神龛。第二次世界大战后，这里因贩卖家具家电而闻名于世。现今秋叶原已演变成"宅"文化中心，以贩卖电脑产品，电子游戏，动画及动漫产品而著名。御台场位于东京都东南部东京湾的人工岛上，是东京最新娱乐场所集中地。穿过东京市中心的彩虹桥就可以来到御台场，1850 年御台场用于抵御外敌，之后扩大成为海港区；20 世纪 90 年代起发展成一个商业、住宅及休闲区。东京塔是位于日本东京都港区的通信塔与瞭望台，其高 332.6 米，是日本第二高的建筑。建造该塔的灵感来自巴黎埃菲尔铁塔，按照航空安全规定塔身被漆成了白色。东京迪斯尼乐园是一家占地 115 英亩的主题园，位于东京附近干叶县浦安市。乐园内有 8 个不同的主题园区：世界集市、四大经典区、探险世界、西方世界、幻想世界、未来世界、动物国度、米奇卡通城。

富士山是日本著名的象征。它坐落在日本本州岛，位于东京西南角约 100 公里处；是日本海拔最高的一座山，高达 3776 米；距今最近一次爆发在 1707 年 8 月。天气晴朗的时候，从东京就可以十分清晰地看到富士山。富士山成锥形并且分外对称，一年之中有几个月都是白雪覆盖整个山顶，经常被描绘在艺术及照片中，并且是各国游客及登山者都喜欢去游览的地方。富士山拥有包括本身在内的 25 个旅游景点：山顶的山本宫浅间大社、千现神庙、山中湖、川口湖、忍野八海温泉、火山岩树具厂、富士山溶洞及松原松树林等景点。在半山腰第五观景台处可以欣赏到富士山的风景。

在日本横滨唐人街，与生活在日本的女儿、女婿、外孙、外孙女合影

与在日本工作、生活的女儿、女婿、外孙、外孙女合影

大外甥在日本他房间内与我合拍的
唯一的一张珍贵的照片

作者与儿子、儿媳、孙子、孙女全家的合影

作者的孙子与孙女合影

作者夫妻与女儿、外甥女、重孙女四代同堂合影留念

孙女小时候可爱的照片

孙子现在日本环太平洋大学毕业后留校工作

作者重外孙女艺术照

作者女儿与外孙女、重外孙女

作者重外孙女

作者外孙

作者外孙

作者重外孙女

作者兄弟姐妹的家人与母亲的合影留念